DU MÊME AUTEUR

Romans au Mercure de France

CHEZ LOUISE, 1984
ON ÉTAIT HEUREUX, LES DIMANCHES, 1987
MÉMOIRES D'UN ANGE, 1991
MARTHE JUSQU'AU SOIR, 1993, Folio n° 2671
MONSIEUR HENRI, 1994, Prix des Deux-Magots
JUSTE AVANT LA NUIT, 1998, Folio n° 3333
COMÉDIEN, 2000, Prix Valery-Larbaud, Folio n° 3661
DIX-NEUF SECONDES, 2003, Prix du Roman FNAC, Folio n° 4209

Chez d'autres éditeurs

LA CRISE DE FOI(E), Arléa, 1999
L'OISEAU, Stock, 2004
FRANCIS BACON, LE RING DE LA DOULEUR, Le Dilettante, 2004
PLOP ! Le Dilettante, 2005

Théâtre

DIMANCHE PROCHAIN, L'Avant-Scène, n° 1001, 1997, Prix CIC
RAMEAU LE FOU, d'après Diderot, Séguier/Archimbaud, 2001
FIGURE, L'Avant-Scène, n° 1140, 2003

BONNE NUIT, DOUX PRINCE

Pierre Charras

BONNE NUIT, DOUX PRINCE

ROMAN

MERCVRE DE FRANCE

Pour F. et F.,
qui se sont aimés.

« J'écris sans voir... Partout où il n'y aura rien, lisez que je vous aime. »

DIDEROT

1

Cet homme taciturne qui, une fois la retraite venue, parcourait les rues de la ville sans les voir, jour après jour, j'aimerais bien tout dire de lui.

Il y avait le petit tour, avant déjeuner, et le grand, en fin d'après-midi. Il marchait d'un pas rapide, comme s'il allait quelque part. Et d'ailleurs, il ne faisait pas autre chose : il se hâtait vers son point de départ. Il décrivait une boucle. Une courte boucle le matin et une plus longue avant le dîner. Il avait tout juste le temps, s'il voulait être de retour à midi et à dix-neuf heures. Et il le voulait.

Il était très à cheval sur les horaires, mon père, et mes retards sont à mettre parmi les millions de choses qui, chez moi, l'exaspéraient.

Tous les jours, il marchait, le regard au sol. Pas flâneur, non, pas promeneur. Marcheur. Marcheur du matin et du soir. Cette année-là, il a marché, ainsi, jusqu'à la fin du mois de juin et puis, en septembre, on ne l'a plus vu. On s'attendait qu'il reprenne sa double piste quotidienne, dans la fraîcheur de l'automne. Mais il était mort pendant les vacances.

Et depuis, il me trotte dans la tête. Quand je fais la roue devant mes étudiants, sans que je l'aie vraiment décidé il est là. On pourrait même imaginer qu'être là le rend heureux, lui qui ne le fut jamais véritablement, je crois, bien qu'il réussît parfois à donner le change. Et il me semble qu'il sourit, lui que j'ai toujours vu grave. Comme si tous les mots que nous ne nous sommes pas dits pouvaient encore être échangés entre nous.

Il se glisse partout, mais à bas bruit, à sa manière précautionneuse, par minuscules morceaux, comme des éclats de mosaïque. Il recherchait sans cesse l'ombre et s'appliquait à ne jamais en sortir, alors que, comme tout le monde, c'était la lumière qu'il aimait. Pour lui, il y avait deux catégories d'humains : les cambrés et les courbés ; les gagnants et les perdants. Dieu (Dieu ?) avait voulu que lui (et donc moi) fît partie de l'armée plus nombreuse mais moins bien lotie des esclaves. Il rasait les murs et avançait tête basse. Il répétait qu'il fallait rester à sa place. Il avait le culte de l'ordre des choses. Nous dirons qu'il était résigné. Résigné à parler bas, pour ne pas importuner les voisins dont les disputes nous parvenaient aussi nettement que si elles s'adressaient directement à nous. Résigné à voir des savants dans les bavards, pourvu que ce soit à la télévision qu'ils étalent le vide de leur pensée. Résigné, aussi, à la fin, lorsqu'il a tracé au crayon, sans voir, pour ma mère, ses dernières volontés : « Laisse les docteurs tranquilles. » Résigné.

Répugnant à paraître, il n'a pas beaucoup résisté à sa disparition, je pense. C'est moi qui le cherche sans cesse, c'est moi qui pars en chasse de lui et qui désespère de ne pouvoir réaliser son portrait en entier avec les petits cailloux dépareillés, les galets, les coquillages que je rapporte le soir, dans ma brouette de souvenirs, Facteur Cheval obstiné du chagrin.

Depuis tout ce temps, je n'ai au fond peut-être rien voulu d'autre qu'être peintre pour pouvoir brosser son portrait.

Pourtant, je ne le connais pas. Je ne sais rien de lui. Ou si peu. Et puis il s'éloigne, dirait-on. Le temps s'use. Il se rétrécit. Lorsqu'il est mort, mon père avait trente-quatre ans de plus que moi. Depuis, nous nous rapprochons. Je comble le retard. Plus que quinze ans, dix, bientôt cinq. Et puis rien. J'aurai son âge. J'entamerai une période de vie qu'il n'a pas connue. Du moins si je parviens jusque-là. Soixante-neuf ans, c'est jeune encore. De plus en plus. Lorsque j'étais enfant, ma grand-mère, à quatre-vingts ans, était regardée comme un phénomène. Cette petite vieille en noir, le châle au crochet sur les épaules, on la croyait oubliée de Dieu. Même cette plaie au bras qui ne cicatrisait pas ne pouvait rien contre elle. Elle est morte en dormant. Maintenant, à quatre-vingts ans, on se dore sur les plages ou l'on meurt tragiquement dans des accidents de voiture, pour ne pas dire de moto.

Alors que reste-t-il aujourd'hui de ce petit homme un peu voûté, vêtu avec un soin extrême de tenues pratiques ? Qu'ont retenu les platanes qui bordent encore l'avenue de ce passant furtif au foulard de soie noué sous le col ouvert de sa chemise ?

Et si ces promenades quotidiennes avaient été celles d'un détenu tournant dans la cour de sa prison ? Ou celles d'un défunt qui aurait cherché la sortie de l'enfer ?

*

Mon père est né en 1911, à la fin du mois d'octobre. Le village était perché en pleine montagne. J'imagine qu'il devait faire un temps épouvantable à l'extérieur de la grande maison familiale où gémissait, hurlait peut-être, la jeune accouchée.

D'ailleurs hurlait-elle ? Gémissait-elle seulement ? C'était son neuvième enfant. Mettre au monde était pour elle une presque habitude, une quasi-routine. J'avoue qu'il m'est un peu difficile de visualiser la scène parce que l'image qui s'impose à moi, c'est celle de l'octogénaire à châle au crochet renversée sur l'oreiller, les jambes ouvertes, alors, bien sûr, c'est un tableau sur lequel je n'ai pas très envie de m'attarder. Je fais l'impasse.

Venons-en à la naissance de mon père. « C'est une fille. » Il n'y a aucune raison de mettre en doute l'affirmation de la femme qu'on dit sage et qui en a vu bien d'autres.

Mais la mère n'est pas délivrée. Les douleurs reprennent, comme d'affreuses coliques.

— Il y en a un deuxième.

Cette fois, c'est mon père.

Il s'agissait de faux jumeaux, car, m'a-t-il expliqué, les vrais sont toujours du même sexe. Je me rappelle avoir été un peu fâché : je n'aimais pas beaucoup l'idée que mon père fût un « faux » quelque chose.

Il n'était pas le dixième enfant non plus, mais le neuvième... Et sa sœur, pourtant venue au monde avant lui, était sa cadette. Ça, je ne pouvais le concevoir. Il a dû préciser posément que, pour naître en dernier, il avait fallu qu'il se trouve, dans ma grand-mère, derrière sa sœur et qu'il y soit donc déposé en premier. Là, je n'avais plus rien à objecter, c'était des sciences. Je me souviens juste avoir longuement songé au ventre de ma grand-mère. Je me le représentais comme une salle d'attente dans laquelle mon grand-père avait construit des étagères pour y entreposer d'abord mon père puis ma tante Joséphine.

On l'avait appelée Joséphine, cette ultime cadette. Il ne

pouvait en être autrement : la dernière fille, celle qui n'avait vécu que quelques jours, portait ce prénom et il fallait gommer cette absence, colmater ce vide, faire comprendre à Dieu qu'on ne lui en voulait pas trop, au fond, du mauvais tour qu'il avait joué à la famille avec la première Joséphine. Mais il n'y a pas plus têtu que Dieu lorsqu'il ne veut rien entendre et il a envoyé une fièvre typhoïde fatale sur la deuxième Joséphine après douze ans d'hésitation.

— Ma petite sœur, disait tristement mon père.

Des dizaines d'années plus tard, cette mort le laissait désorienté, comme me laisse aujourd'hui sa mort à lui.

Je ne crois pas exagérer en pensant qu'il est mort avec elle, un peu, solidaire jusqu'au bout. Jumeau. Et que tout le reste de son existence, il n'a fait que survivre. Douze ans, c'est bien court, mais aussi très long quand ça commence à la naissance. Une vie entière, finalement. « Ma petite sœur. » Il me reste une photographie des jumeaux, prise le jour de leur communion solennelle. On croirait deux petits mariés pour rire. Deux enfants qui jouent. Et l'un d'eux va mourir. Elle a son bonnet blanc, son voile, lui un costume d'homme aux manches trop courtes. On peut supposer qu'il est le deux ou troisième à l'endosser, ce costume. Seul le brassard blanc est neuf, et encore... Cet enfant inquiet a déjà tous les traits de l'adulte que j'ai connu. Et elle aussi. Comme si mon père se tenait deux fois sur la photo. Une photo truquée. Sur le côté droit, pour faire une farce, il se serait déguisé en fausse mariée. Joséphine sourit, comme toutes les petites filles qui ont la vie devant elles. Elle va mourir dans quelques mois à peine et elle sourit. Elle ne voit rien venir. Mon père, lui, a cette expression tourmentée que je lui ai toujours vue. Mais ce sourire, entre les pans du voile, illumine un visage qui pourrait être celui de mon père s'il avait été, ce jour-là, visité par l'insouciance. Comme s'il s'amusait de la farce qu'il vient d'inventer.

Ils avaient vécu toute leur vie côte à côte. Il était alors impensable que cet être double pût se retrouver bientôt réduit de moitié. Surtout quand tout le monde vous répète chaque jour que vous avez Dieu à vos côtés.

Parce que, dans ce temps et dans ce lieu, c'est Dieu qui mène la danse. Et il est sévère, Dieu, mais juste. Aussi, si un malheur survient, c'est en soi-même qu'il faut en chercher la raison. J'imagine mon père, mon gosse de père, stupéfait au bord du lit où repose le corps cireux de Joséphine, les mains jointes, les yeux fermés, un fantôme de sourire encore sur les lèvres. Sans doute l'a-t-on parée de ses vêtements de communiante. Blanche. Et mon père, noir, le front incliné, à chercher au fond de lui-même quelle bêtise il a bien pu faire pour mettre Dieu en colère à ce point.

J'ai parlé d'un village de montagne. Il ne faudrait pas en déduire qu'il s'agissait d'un hameau accroché à quelque paroi rocheuse ou enneigée, non, c'était un gros bourg, un carrefour marchand, presque une ville : deux églises, un château, pas loin de dix cafés, deux boulangers en guerre l'un contre l'autre. Pas encore de monument aux morts sur la grand-place du marché, mais rien à l'endroit où il fut érigé des années plus tard. Un vide. Comme si la place l'attendait, ce monument. Comme si tout cela était prémédité depuis des siècles. Et par qui, sinon Dieu, justement. Encore lui.

Et si le dessein secret de Dieu était de couvrir la France de Monuments aux Morts, jusque dans les villages les plus modestes, sa réussite ne pouvait pas être contestée, car il y en avait eu partout, des morts.

Rien que dans ce lieu où les deux communiants regardaient

l'objectif, seize hommes sont partis entre 1914 et 1918. Seize hommes jeunes dont on ne saura jamais ce qu'ils seraient devenus en vieillissant, car quinze d'entre eux n'en sont pas revenus. Il y eut, en l'espace de quatre ans, quinze hommes de moins dans le village. Quinze hommes qui dansaient encore au bal du 1er janvier sans savoir qu'ils ne verraient pas Noël prochain. Et, tout à coup, trois épouses et douze fiancées se trouvèrent devant un mur infranchissable qui leur barrait le chemin de la vie.

Parmi les quinze, il y eut le fiancé de la sœur aînée de mon père. En apprenant la tragédie, elle a dû pâlir terriblement. Au point que, lorsque je l'ai connue, quarante ans plus tard, elle était encore livide. D'ailleurs elle était restée célibataire et portait toujours le deuil. Convertie en garde-malade, elle veilla sur sa mère, la vieille dame au châle qui avait mis au monde des faux jumeaux. À moins que ce ne fût la mère qui, faisant semblant d'être souffrante, ait tenté de distraire sa triste enfant de son accablement. Cette tante, on en parlait comme d'une vieille fille, ce qui sous-entendait qu'elle était vierge. Je n'en suis pas si sûr. Je crois plutôt qu'elle était veuve. Dans cette région, la nuit tombe très tôt, bien avant qu'il soit l'heure de rentrer pour manger. Et il y a tant de bois, de sous-bois, alentour. Et cette guerre d'où l'on ne reviendra peut-être pas et où l'on voudrait au moins emporter un souvenir merveilleux. Un souvenir merveilleux, c'est ce que j'ai cru voir passer au fond des yeux bleu clair de ma tante, parfois, très loin derrière le glacis du malheur.

Mais j'ai dit seize, puis quinze. Parce qu'il y eut aussi Alexis Couderc. Et lui, en novembre, il est revenu, sans une égratignure. Une tête brûlée, pourtant, qui aurait bien dû mourir le premier à la suite d'une de ces bouffées d'imprudence qu'en temps de guerre on qualifie de bravoure. Toujours à se battre à la fin des bals, toujours à embêter les filles avec ses grosses mains rouges. Un bon à rien. Alexis, c'était un peu la croix que le village devait porter. Et sa mère aussi, la pauvre femme, qui, pourtant, ne comptait plus les coups que la vie avait eu la bonté de lui asséner sur la tête. Quant au père, il avait disparu. Ou, plus précisément, il n'avait jamais daigné paraître. On jasait beaucoup, à ce propos. On disait que la mère Couderc avait couché avec tous les hommes du bourg et que donc, Alexis, il était le fils de tout le monde. Certains corrigeaient qu'il ressemblait tout de même énormément à l'ancien curé, celui qui s'était un jour effondré, mort, en plein office. Il s'agissait du curé de l'église du haut et c'étaient surtout les fidèles de l'église du bas qui avaient remarqué une ressemblance entre Alexis et le défunt qui, ajoutaient-ils, n'appréciait pas moins les garçons.

Enfin, mort ou disparu, le père d'Alexis n'était pas là pour l'accueillir au sortir de la guerre. À moins qu'il ne fût là, incognito, accompagné de sa femme et de ses enfants, s'appliquant à estomper tout stigmate de fierté et à réfréner sa folle envie de hurler « c'est mon fils ! » devant la foule médusée.

Sa mère, elle aussi, avait manqué la fête. Un jour, dans son bout de jardin, elle s'était blessée à la main. Oh, une petite coupure de rien du tout. Mais tout son bras avait enflé, et puis la fièvre, l'infection généralisée et la mort. Tout ça en quelques jours. C'était deux ans plus tôt et Alexis avait eu une permission pour enterrer sa mère. Et heureusement car, s'il n'était pas revenu, il n'y aurait eu que le curé, le suisse et le cheval, au cimetière.

Il faut dire qu'Alexis, ce jour-là, était encore loin du héros qu'on fêtait en ce mois de novembre. C'était juste Alexis, le fils de personne, le bon à rien.

Et voici qu'il ramenait la victoire. Les quinze morts avaient bien sûr représenté le village. Ils constituaient le « tribut » payé par la communauté, comme disait le maire. Mais Alexis, lui, il l'avait gagnée, la guerre, il avait sauvegardé l'honneur de la patrie et la liberté européenne. Et, par-dessus tout, il revenait à la maison vivant et indemne. Quand on meurt, même si la guerre est gagnée, on en ressort un peu vaincu tout de même. Et quand on perd un bras ou une jambe, par exemple, eh bien on a beau avoir terrassé l'ennemi, il n'en a pas moins, en s'enfuyant, emporté votre bras ou votre jambe. Tandis que lorsqu'on revient comme on est parti, sans la moindre blessure, alors là, oui, on est un héros.

Mon père s'est toujours souvenu du triomphe romain qu'a reçu Alexis Couderc à son retour. On les avait laissés se placer au premier rang, Joséphine et lui, avec à la main leurs jolis bouquets jumeaux de bienvenue. Ils avaient sept ans.

Oui, ce fut une belle journée pour tout le monde. Mais ce ne fut pas un début, non ; seulement un jour exceptionnel. À part. Le malheur, ça colle aux semelles, on a du mal à s'en extraire. Le bonheur, ça ne tient pas. Comme la beauté, comme la jeunesse, ça s'en va tout de suite.

Pour Alexis, ça ne dura qu'un après-midi. Dès le lendemain, le village, dégrisé, s'aperçut qu'il n'était pas le jeune dieu de la veille, dressé sur une charrette à foin comme César sur son char, mais qu'il restait Alexis. Alexis le bon à rien. Hier, on lui savait gré de s'en être sorti. Aujourd'hui, on était franchement déçu que ce soit lui, le miraculé, et pas Raymond, Marius ou Germain qui eux, vraiment, allaient manquer. Qui manquaient déjà. On parla de moins en moins à Alexis. Et puis plus du tout. On l'évitait. Il avait recommencé à tuer à l'abattoir dans la journée et à faire la tournée des cafés le soir. Et ensuite, il rentrait comme il pouvait dans la petite maison que sa mère lui avait laissée. On racontait qu'il n'avait touché à rien et que la saleté s'accumulait. Que ce devait être un véritable taudis, cette maison, maintenant. C'était un crève-cœur d'y penser. Mais personne n'avait osé aller vérifier. Il aurait fallu être fou pour s'aventurer là-bas. Ne disait-on pas que la mère Couderc quittait chaque nuit sa tombe pour aller gronder son fils ? Et lui la traitait comme une moins-que-rien. Ça avait beau être effectivement une moins-que-rien, la mère Couderc, ce n'était pas une raison pour que son propre fils le lui jette à la figure, maintenant qu'elle était morte.

Une fois par semaine, Alexis prenait le car pour la ville. Il revenait le lendemain. On savait bien ce qu'il allait y faire, à la ville, et tout le monde admettait volontiers que s'il y aurait eu bien des choses à dire sur les filles qui s'occupaient de lui, de ses grosses mains rouges, de sa crasse et de son odeur de sang, elles méritaient tout de même bien le paradis, au bout du compte.

Et puis un jour, il ne se présenta pas à l'abattoir. Les bouchers se retrouvèrent dans la cour, devant le grand portail fermé, à se gratter le crâne après avoir repoussé la casquette grasse en arrière. Dans l'enclos, les veaux eux-mêmes semblaient s'étonner d'être encore en vie, et leurs appels de détresse prenaient des échos protestataires. On décida d'aller voir ce que pouvait bien fomenter Alexis. On passa réquisitionner le garde-champêtre pour le cas, pas improbable, où on serait accueilli par des coups de fusil. Et puis le curé du bas, aussi, pour celui où ce serait le fantôme de la mère Couderc qui retiendrait son fils à la maison. À tout hasard, il se munit de la longue croix d'argent et du petit seau d'eau bénite contenant le goupillon.

On frappa, mais, n'obtenant pas de réponse, on mandata le garde-champêtre pour enfoncer la porte. Il fallut plus d'une épaule pour mener à bien l'opération. À l'intérieur, tout était en ordre. Et très propre, ce qui, on s'en fit la remarque plus tard, prouvait bien que la mère Couderc ne passait pas ses nuits au cimetière, comme elle aurait dû. Mais, au-dessus d'une chaise renversée, on découvrit le corps d'Alexis pendu à une poutre du plafond. Les yeux exorbités et la langue sortie ne parvenaient pas à brouiller une expression de défi farouche qui engageait les intrus à détourner la tête.

On se bouscula pour dépendre le corps, comme s'il y avait urgence, alors que la mort remontait visiblement à plusieurs heures. Et on rechercha une lettre susceptible d'expliquer ce geste, ou du moins de préciser un peu les dernières paroles lancées par Alexis la veille en quittant le café de Gaston Aubannel, le dernier de sa tournée quotidienne : « Et d'abord, vous me faites tous chier, dans ce patelin. » La fouille fut infructueuse car Alexis ne savait pas écrire et tout le monde fut soulagé, parce que personne, parmi les présents, ne savait lire. Pas plus le curé, qui feignait de tirer son latin approximatif du grand livre ouvert sur l'autel, que le garde-champêtre à qui l'instituteur faisait apprendre par cœur les messages municipaux et qui, lorsqu'il aboyait les nouvelles sur la place du marché entre deux rafales de tambour, déroulait un papier couvert de signes énigmatiques qu'il affectait de déchiffrer pour se donner des allures de garde-champêtre.

Mort, Alexis redevint grand. En réalité, c'était mieux ainsi. Tout rentrait dans l'ordre. La guerre était finie, fermée, ronde. On organisa des funérailles de première classe grâce à une collecte où tout le monde se montra généreux, avec les curés des deux églises, les deux suisses à bicorne et les deux corbillards à parements argentés, l'un transportant le cercueil, l'autre les fleurs.

À nouveau Joséphine et mon père se retrouvaient au premier rang d'une cérémonie. Et à nouveau ils furent heureux ensemble. Identiques dans le bonheur.

C'était aussi la dernière fois, si l'on excepte la communion solennelle dont la solennité, justement, avait mis une sorte de frein à leur joie. Comme la peur de déchirer les habits, aussi.

En 1924, au premier rang du village à nouveau rassemblé, mon père est là, mais tout seul.

Il a treize ans. C'en est fini de l'enfance ; il a perdu la moitié de lui-même. Il ne cesse de se retourner sur le vide, à côté de lui. Parfois il oublie, une seconde, et il parle. Il prend à témoin celle qui ne sera plus jamais là. Le grand trou où l'on a, l'an passé, descendu la petite mariée le sépare du monde pour toujours.

Et pourtant, il ne reste pas en arrière, dans cette grande fête de 1924. Il chante avec les autres des hymnes patriotiques dont il connaît mal les paroles. Partout où il n'y aurait rien, il dit des mots qui n'existent pas, mais avec une conviction qui les fait presque exister plus fort que les vrais. On inaugure le monument aux morts comme pour écrire un point final au bout de la bêtise humaine, alors qu'en réalité c'est un coup d'envoi. Le début de la route.

— Il flottait dans l'air un parfum de revanche alors qu'on avait gagné, s'étonnait encore mon père bien des années plus tard.

Je l'ai vu, ce monument aux morts, lorsque, enfant, j'allais au mois d'août traîner mon ennui et mes terreurs dans ces montagnes pour « respirer le bon air ». À la fin des années quarante, le bon air arrivait en tête des obsessions, dans les villes. Juste avant « manger-de-la-viande-au-moins-une-fois-par-jour » qui avait aussi beaucoup de succès. Moi, avec un oncle boucher à la campagne, je n'avais aucune chance d'échapper à ce privilège qui consistait à être dispensé de colonie de vacances.

Et donc, j'ai vu le monument. Tout le monde le considérait alors comme une œuvre d'art, point sur lequel j'ai toujours émis quelques doutes.

Le soldat de bronze debout sur le socle de pierre avait un pied en avant et, le casque enfoncé sur le front, il semblait prêt à recevoir le ciel sur la tête. Il n'affichait pas pour autant une attitude belliqueuse, non, loin de tout héroïsme, l'arme à la bretelle, engoncé dans sa capote, il regardait simplement devant lui. Enfin, il aurait sans doute regardé devant lui s'il avait eu des yeux, mais, indéchiffrable symbole ou simple négligence de l'artiste, des yeux, il n'en avait pas. Tout son visage avait été modelé dans les moindres détails, sauf les yeux qui restaient deux zones plates, lisses, entre les tempes. Cela lui donnait un air absent, distrait, un peu mort, sans volonté, qui venait annuler le pied en avant qu'on pouvait supposer martial. Et là, tel qu'il se tenait sur son socle, on ne lui prêtait aucune intention. Il ne s'était mis en marche ni pour vaincre ni pour mourir. Il marchait pour rien.

— Une sacrée gueule de con, commentait mon père.

Mais au fond, la figure importait peu. Ce qui comptait, c'était le souvenir. Et donc les seize noms gravés en lettres d'or dans la pierre du socle. Je dis bien seize, car, en troisième position, sans que rien ne vînt le distinguer des autres, il y avait celui d'Alexis Couderc. Après une courte discussion au Conseil municipal, on l'avait réintégré dans la liste des héros. On avait conclu de toute cette histoire que le pauvre Alexis n'avait pas supporté le retour à la vie civile et que les horreurs innombrables qu'il avait dû voir dans les tranchées l'avaient poussé inexorablement vers cette chaise sur laquelle il était monté et vers ce nœud coulant qu'il avait resserré sur son cou. On pouvait donc lui conférer le titre de victime de guerre et lui accorder une place entière dans les rangs célébrés des martyrs. Cette solution présentait deux avantages : le village rejoignait désormais le club prestigieux des communautés exemplaires qui avaient donné la totalité de leurs enfants pour enrayer le déferlement de la haine teutonne, et, surtout, on jetait par la même occasion un voile apaisant sur le « vous me faites tous chier », embarrassant testament d'Alexis.

Pour faire bonne mesure, on avait même poussé le souci du détail jusqu'à inscrire, au cimetière, sur la stèle des Couderc, au-dessous du nom d'Alexis : « Mort pour la France ». Et pour rendre le tout cohérent, on avait changé 1919 en 1918 pour l'année de son décès. Un crime parfait.

Sans être vraiment capable de démêler toutes les subtilités de l'affaire, mon père, en ce jour de 1924, se doutait bien que ce nom, en troisième position dans la valeureuse liste, n'aurait pas dû y figurer. Il s'interrogeait par la même occasion sur ce que faisaient les curés en tête de toutes les cérémonies, alors qu'ils auraient dû se cacher. N'incarnaient-ils pas Dieu sur terre ? Et qui, sinon Dieu, avait accepté, pour ne pas dire fomenté, la mort de ces seize garçons qui ne demandaient qu'à vivre ? Et de millions d'autres partout en France ? Et en Allemagne aussi ? Et d'abord, qu'est-ce qu'on pouvait attendre d'un dieu qui laisse mourir les petites sœurs et qui permet qu'on les enterre ensuite, dans leur robe de première communiante ?

Mon père, ce jour-là, sous le soleil, au premier rang de la foule patriotique et religieuse, comprit d'un coup que les deux églises, au lieu d'encadrer le village, le prenaient en tenailles, que Dieu était décidément un sale type et que c'était sans doute lui l'auteur de la phrase qui précédait les noms : « À ses enfants morts glorieusement pour la défense de la Patrie. »

Il fallait tirer un trait définitif sur cet endroit.

Il décida qu'il s'en irait. Après le certificat d'études, il travaillerait pour faire des économies et il s'en irait.

Il irait vivre en ville.

Dès qu'il le pourrait, il s'en irait.

2

Un jeune homme de dix-sept ans descend du car surchauffé. J'ignore quelle allure il peut avoir, car je ne possède aucune photographie de cette époque. Mais je sais quels yeux gris il pose lentement sur ce qui l'entoure. Les cheveux clairs et fins ondulent malgré le peigne. Il frisait presque, mon père, au cours de ma préhistoire. Moi je l'ai toujours connu un peu chauve et, aussi loin que je puisse aller pêcher les souvenirs, je ne l'ai jamais vu sortir sans chapeau. Peut-être pour cacher sa calvitie.

Il tient à la main une valise marron dans laquelle sa mère a rangé tout ce qui lui appartient. C'est aujourd'hui que la vraie vie commence. Il tremble un peu. Est-ce l'enthousiasme qui le fait vibrer, ou une secrète terreur ? Il sait ce qu'il veut. Il sait aussi que ce qu'il veut, il ne l'aura pas. Mais il va essayer quand même, pour au moins s'en approcher. Mon père a toujours cherché des solutions. Tout résigné qu'il était, je ne l'ai jamais vu abandonner. Je crois que, face à un peloton d'exécution, il aurait encore cherché un moyen de retourner la situation parce qu'il faut mettre toutes les chances de son côté quand elles sont rares. Il ne serait pas mort lâchement, ni héroïquement. Il serait mort surpris. C'était un marcheur. Un marcheur obstiné. Un marcheur du matin et du soir.

Il a sorti une feuille de papier de la poche de son veston. L'instituteur y a tracé un plan.

— En descendant du car, tu suis la rue Granger sur deux cents mètres, à peu près, puis tu tournes à droite dans l'allée des Vignes. Au fond, tu verras, il y a un garage automobile. Là, tu demandes à parler de ma part à Marius Besset. Tu lui donnes cette lettre.

Le nom de Marius Besset était inscrit sur l'enveloppe, de la belle écriture de tableau noir.

Il lève le nez vers la plaque émaillée bleue qui va lui apprendre le nom de la rue où il se trouve. Il s'arrête pour lire les lettres blanches. Il a besoin pour cela de toute son attention, de toute son énergie, de tout son corps. Il sait lire, bien sûr, mais comme un petit enfant sait marcher. Il faut qu'il se concentre.

Le dimanche, après le déjeuner, il ouvrait en grand son journal à plat sur la table de la cuisine que ma mère venait de débarrasser. On s'étonnera qu'il n'ait pas préféré aller lire son supplément dominical au salon. Il y a deux raisons à cela. La première, c'est que maman était tout près, dans le placard-évier, à faire la vaisselle en chantonnant et qu'il aimait bien rester à côté d'elle, le dimanche. Elle chantonnait presque tout le temps, maman, à cette époque. Ou bien alors elle pleurait. De bonheur ? Pas sûr. Pourtant elle était heureuse. Ils étaient heureux. Nous étions heureux.

La deuxième raison, encore plus impérieuse, c'est que nous n'avions pas de salon. Nous avions seulement une cuisine pour le jour et une chambre pour la nuit.

C'était une jolie chambre. Une sorte de chambre de riches. De Roi. Avec un lit à tête et à pied de bois verni, une armoire à portes bombées et poignées de cuivre, deux chevets non moins bombés et, un peu plus loin, une table ronde et deux petits fauteuils recouverts de velours. Du velours qui recouvrait aussi deux chaises sur lesquelles personne ne s'asseyait jamais. Deux chaises inutiles. Deux chaises luxueuses.

C'était vraiment une jolie chambre. Et puis j'étais né. On avait ajouté un petit lit à gauche de la porte. C'était fichu. Cette pièce avait changé de statut : le nid d'amour était devenu un dortoir encombré. Une pièce disgraciée. Glaciale. L'hiver, on gardait la porte fermée pour conserver la chaleur dans l'autre pièce, la cuisine dont j'ai parlé ; et l'été, on ne l'ouvrait pas non plus, je me suis toujours demandé pourquoi.

Le résultat, c'est que nous vivions dans une seule pièce où nous étions tout de même heureux. C'est peut-être ça, le secret du bonheur, quand on n'a pas beaucoup d'espace vital : n'en occuper que la moitié, comme si on en avait deux fois trop. J'étais assis par terre à pousser mes petites voitures le long des ramages du linoléum dont la laideur ne m'est apparue que plus tard, maman chantonnait et papa parlait tout seul.

Parce qu'il parlait. Comment pouvait-il parler tout en lisant ? Ce devait être un truc de grand, d'adulte, de papa. Comme acheter des fleurs à maman le dimanche matin, histoire de la voir devenir toute rouge, et qu'elle lui jette les bras autour du cou, et qu'elle me souffle en passant devant moi : « Tu vois comme il est gentil, papa ? Comme il aime maman ? » Je me disais que ça ne prouvait vraiment rien. Qu'on peut bien acheter des fleurs à quelqu'un qu'on déteste. Je me le dis encore, mais j'y crois de moins en moins. Je suis bien obligé de reconnaître qu'il était gentil, papa. Et qu'il aimait maman.

Ce que j'ai assez rapidement compris, en revanche, c'est qu'il ne parlait pas en lisant. C'était le contraire : il lisait deux fois, il hyper-lisait, si on veut, il prononçait les mots qu'il lisait. Il savait lire, mais en deux temps. Il énonçait à voix haute les énigmes tracées devant ses yeux et, en entendant les sons, il retrouvait le sens, comme si le journal lui parlait, comme s'il se parlait à lui-même, justement.

Et c'est pourquoi le jeune homme aux yeux gris a dû s'arrêter pour déchiffrer la plaque émaillée du coin de la rue, là, sa petite valise marron à la main. Car lire, il sait ; marcher, il sait aussi ; mais lire en marchant, il ne sait pas.

Et puis, il n'est pas pressé. S'il y a un travail pour lui, au garage du fond de l'allée des Vignes, tant mieux ; sinon, il trouvera toujours quelque chose à faire. Il ne cherche pas un emploi correspondant à ses connaissances parce que des connaissances, il n'en a aucune, dans aucun domaine. Ce qu'il veut, c'est travailler. Au village, tout le monde dit, et pas seulement l'instituteur ou le curé, que ceux qui ne travaillent pas ne valent guère mieux qu'une bête.

Après, il y aura toute la vie à construire, à inventer. Il n'a que sa valise et ce plan sur la feuille de papier. La lettre dans sa poche, aussi. Mais rien d'autre. Ce n'était pas un héritier, papa. C'était un ancêtre. Tout commence avec lui. C'est pourquoi il a si mal réagi, lorsqu'il a compris que tout finirait avec moi et que l'arbre qu'il avait planté n'aurait qu'une branche sans fruits.

Tout débute à ce carrefour, devant ce car surchauffé qui s'apprête à repartir, au fond de cette allée des Vignes où la lettre de l'instituteur produira son effet sur le géant moustachu couvert de cambouis.

— Tu peux embaucher cet après-midi, si tu veux. Il te suffira de faire tout ce que je te demanderai. Sans discuter, d'accord ?

— D’accord, monsieur Besset.

— Appelle-moi Marius. Je te conseille aussi de bien regarder comment je m’y prends pour la mécanique. Qu’est-ce que tu dirais de devenir mécanicien, plus tard ?

— C’est un travail ? Un métier ?

Il a l’impression que tout le village vient de se grouper autour de lui. Le curé, l’instituteur, tout le monde. Et sa petite sœur aussi, dans sa belle robe de communiante.

3

Le soleil tombe de la lucarne. Il a ouvert les yeux tout près du visage endormi de Rita. Elle a la tête renversée sur le traversin. De sa bouche entrouverte s'échappe un souffle puissant, presque un ronflement. Sa peau appelle le maquillage. Ou la nuit... Là, dans la clarté du matin, elle paraît plutôt malsaine, blême, bouffie. Il prend un peu de recul pour la regarder mieux. Elle est moche.

Il a passé la première semaine au fond de l'allée des Vignes. Jour et nuit. Marius avait accepté qu'il s'aménage un coin pour dormir.

— En attendant, avait-il dit.

Puis il avait ajouté très vite, craignant sans doute de devoir supporter des remerciements :

— Tu ne vas pas tarder à te dégoter une piaule pas trop loin.

Effectivement, il a trouvé une chambre sous les toits, à l'entrée de l'impasse. C'est le patron du bistrot qui la lui a louée. Pour presque rien, à condition de n'y venir que la nuit, parce que, dans la journée, elle sert aux filles pour leur petit commerce. D'abord, il n'a pas compris. Puis le gros bonhomme aux paupières fatiguées a donné un coup de menton vers la table où trois jeunes femmes en costumes bariolés riaient très fort. Au-delà de la joie. Comme on crie de terreur, dans les autotamponneuses. Il n'avait pas beaucoup d'expérience (pas *du tout* d'expérience, à franchement parler) mais il a tout de même bien enregistré que, en matière de logement, on ne lui proposait qu'une colocation avec des putes. Et ça, il n'en était pas question.

— D'accord, s'était-il entendu dire.

Et tout s'était arrangé au mieux. Chaque soir, en quittant le garage, il passait « chez lui ». Le tapis que les filles étendaient sur le lit pour le protéger était roulé sous le lavabo et la chambre ressemblait à n'importe quelle chambre d'étudiant fauché. Il ouvrait la fenêtre en grand et allait faire une petite promenade dans le quartier, le temps que l'air se renouvelle dans l'espace exigu, bien conscient que tous les hommes qui paient pour l'amour ne paient pas d'aussi bon cœur le savon qui pourrait se révéler utile pour se laver les pieds.

Au retour, il s'arrêtait au bistrot de son logeur. Là, on lui servait un plat du jour de midi réchauffé qu'il payait en basculant les chaises sur les tables, en semant de la sciure de bois sur le plancher taché de vin et en abaissant, dans un vacarme de fin du monde, les rideaux de fer devant les quatre vitrines.

Il remontait alors dans sa « chambre d'étudiant » pour fumer une cigarette avant de refermer la fenêtre. Il avait toute la soirée devant lui. Toutes *les* soirées. Le cadre l'aidait à se sentir au seuil de quelque chose.

Toute sa vie, mon père a espéré que quelque chose allait advenir, je crois. Quelque chose dans le domaine du savoir, des études, des diplômes. Quelque chose qui forcerait le respect des autres. Il a toujours eu l'impression que la terre entière le méprisait, et que ce n'était pas sans raisons ; qu'il n'était rien du tout. Qu'il était un Rien-du-tout. Lorsqu'il a su que c'était peut-être un peu trop tard pour lui, il a reporté ses espoirs sur moi. D'étudiant, lui n'avait eu que la chambre, eh bien son fils aurait le reste ! Et pour cela, il fallait réussir le baccalauréat. C'était son projet. Son obsession. Ce pourquoi nous étions sur terre, tous les trois, maman, lui et moi.

Je me souviens que ça a commencé très tôt. Dès l'entrée au collège, en classe de sixième, il m'a désigné l'horizon, là-bas : le baccalauréat. À l'époque, dans les années soixante, c'était encore un défi un peu lourd pour un élève aussi moyen que moi. Je passais chaque année dans la classe supérieure, bien sûr, mais avec une sorte de soulagement qui en disait long sur ma marge de manœuvre. Et quand je repense à cette période, le mot qui me vient à l'esprit n'est pas « scolarité », ni « lycée », ni « adolescence », c'est « inquiétude ».

Oui, j'étais inquiet. De la sixième à la terminale, j'ai été inquiet. Et je n'avais pas tort de l'être puisque je l'ai raté, le baccalauréat. Sans doute étais-je trop préparé, depuis trop longtemps. En m'asseyant devant ma feuille d'examen, je me suis senti dans la peau du gardien de but de troisième division confronté à une grande vedette du ballon rond s'apprêtant à lui marquer un penalty imparable. J'étais inhibé, paralysé, tétanisé. J'étais cuit.

*

Dans la petite chambre ensoleillée, les paupières de Rita ont frémi trois ou quatre fois avant de se relever. D'abord, elle semble perdue, un peu effrayée, comme poursuivie par des bribes de cauchemar. Puis elle le reconnaît, tout près d'elle. Sa bouche se referme, elle sourit. Des lèvres, mais aussi des yeux.

Elle a cessé d'être moche. Non qu'elle soit devenue belle, par un coup de baguette magique. Non, il ne la trouve ni jolie ni laide. Il se dit seulement que c'est une jeune fille vivante qui lui sourit. C'est Rita.

Depuis près d'un an, elle vient dormir avec lui trois ou quatre nuits par semaine. Il n'a personne d'autre dans sa vie, aussi vient-elle quand elle veut. Il ne sait rien de plus sur elle que ce premier jour où il a poussé la porte pour entrer chez lui après avoir croisé un type en sueur dans l'escalier. Rita était là, à se recoiffer devant le lavabo.

— Oh, excusez-moi, m'dame.

Elle s'est retournée. Le buste seulement. Les pieds, eux, sont restés plantés là où ils étaient.

— C'est ta piaule ?

— Oui... Enfin, la nuit.

— J'ai fini.

Ils se sont touchés de l'épaule près de la porte.

— T'es mignon... Tu l'as déjà fait, avec une femme ?

Très vite, dans sa tête, se sont bousculées des images terrifiantes de Mme Lachaume, la grosse droguiste du village, qui le plaque contre le mur de l'arrière-boutique et se frotte contre lui, les yeux blancs, l'écume aux lèvres, en fouillant dans son pantalon.

— Non.

Elle l'a encore regardé, de très près.

— Quand tu veux, je t'apprends.

Il sait très bien quel métier elle fait.

— Mais je n'ai pas d'argent.

Elle lui a glissé un bras autour de la taille et a effleuré ses lèvres des siennes, sans s'attarder, à cause du rouge qu'elle vient de corriger.

— On s'arrangera.

Elle est sortie, puis la porte s'est rouverte et elle a passé la tête dans la chambre.

— Je m'appelle Rita.

*

J'ai redoublé la classe de terminale.

Dès le début de la deuxième année, c'était plus qu'un redoublement : c'était « quitte ou double ».

Mon échec avait accablé toute la maisonnée. Dans l'esprit de mon père, il apportait surtout la preuve que nous ne faisions pas le poids en face des exigences du monde. C'est, je crois, ce qui était le plus difficile à vivre pour moi : il ne lui venait pas à l'idée de me lapider de reproches. C'était inscrit : nous appartenions à cette catégorie infra-humaine qui ne réussit jamais le baccalauréat. Nous élaborions déjà de sinistres projets autour de la table, le soir. Cette deuxième Philo ne pouvait pas se conclure différemment de la première. Autant prévoir derrière quel bureau j'allais user toute mon existence, maintenant que les portes du salut s'étaient refermées bruyamment sur mes doigts.

Une seule chose n'était pas discutable : j'irais m'asseoir derrière un bureau. Derrière n'importe quel bureau, mais derrière un bureau.

Mon père assimilait le bureau au purgatoire parce qu'on ne s'y salissait pas les mains. Lui vivait en enfer. Que de fois je l'ai vu se laver les mains, se les brosser à l'eau de Javel au-dessus de la cuvette de plastique rose inclinée dans l'évier de la cuisine. Un beau spectacle. Un maquillage d'acteur à l'envers. Un démaquillage, avec en plus le soin, l'obstination, la précision que s'impose un acteur pour se maquiller.

Il prenait position devant le robinet d'eau ouvert. On le sentait habité de toutes les patiences. Il n'était pas pressé. Seul le résultat comptait : avoir des mains blanches, des mains de gentil instituteur, des mains de salauds de curés, des mains de petite communiante irremplaçable. Des mains du village, là-haut, avant la catastrophe.

Et il remportait ce combat. Je regardais, pendant les repas, ses mains roses et ses ongles aux lunules blanches. Je crois qu'il les regardait aussi, en douce.

Le mot « admis » écrit en face de mon nom nous plongea dans une sorte de stupéfaction paralysante et, pendant plusieurs minutes, nous demeurâmes tous deux (maman avait préféré rester à la maison, pour y aménager au mieux le nid du pire) immobiles et muets, avant de nous remettre péniblement en route, les jambes douloureuses.

Le beau temps avait garni les terrasses des cafés.

— On prend un verre, dit mon père, les yeux au sol.

C'était sans doute une question, mais la surprise m'empêcha de répondre, et d'ailleurs il tirait déjà un siège et s'y laissait tomber comme un très vieil homme qui, tout au bout de sa vie, a la satisfaction d'avoir eu le temps de faire de son mieux pour que le monde soit plus beau.

C'est la seule fois où je l'ai vu boire un demi de bière (c'est ce qu'il commanda, et je fis de même pour me donner des airs d'adulte, ou parce que j'avais la tête vide). Il ne m'a rien dit. Nous avons vidé nos chopes comme si nous avions un train à prendre.

— On rentre.

Il était déjà debout. Renfrogné, on aurait dit. Comme s'il se reprochait déjà d'avoir entrouvert sa cuirasse, de m'avoir laissé apercevoir les battements fous de son cœur, là, juste sous sa peau. En réalité, j'ai compris beaucoup plus tard qu'il ne l'était pas, renfrogné. Il s'était juste replié en lui-même, pour goûter en égoïste son bonheur. Un tour de force pour lui, d'ailleurs, car il n'était pas égoïste, papa.

Mais heureux, ça oui, heureux, il l'était, ce jour-là.

Enfin, je crois.

J'ai besoin de le croire. Je voudrais tant que ce soit grâce à moi qu'il ait été heureux, rien qu'une fois.

*

— Je ne m'appelle pas Rita, bien sûr, a-t-elle dit une nuit, tout essoufflée, dans la lumière blanche de la lune qui coule comme du lait de la lucarne, après qu'il a basculé sur le dos, à côté d'elle. Rita, c'est pour le boulot. Si tu veux, tu peux m'appeler Pauline.

Mais c'est trop tard. Pour lui, c'est Rita. Ce sera toujours Rita.

Pas tout à fait quand même.

Elle a tenu ses promesses. Elle lui a appris les gestes de l'amour, la patience, la fougue maîtrisée, les fantaisies qu'on pourrait croire improvisées, tout. Il s'est montré docile et talentueux. Il la rembourse de ses efforts en la conduisant presque toujours jusqu'à la falaise du plaisir.

Lorsqu'elle sent qu'il va bien falloir accepter de mettre un terme à la délicieuse attente pour sauter dans le vide, elle lui lance, en le prenant aux hanches :

— Vas-y ! Vas-y ! Dis-le !

Il avance alors la bouche tout contre son oreille et, en poussant en elle de toute sa force, il murmure très doucement :

— Pauline.

Là, il rejette aussitôt la tête en arrière pour regarder le visage chaviré de la petite putain. Il n'y a pas de temps à perdre : c'est immédiat. Elle ouvre grand la bouche pour aspirer le monde, ses paupières se referment sur les globes tout blancs de ses yeux et elle laisse échapper une interminable plainte. Et le frisson qui la traverse s'empare de lui aussi.

Il s'épanche au fond d'elle comme pour éteindre un feu.

4

Un jeune homme de vingt-deux ans descend du car surchauffé. À l'endroit exact où un autre car s'est arrêté cinq ans plus tôt. Pourtant, celui-ci ne vient pas du village mais d'une autre ville, là-haut, en plein septentrion ; bruyante et construite en cercles concentriques autour d'une caserne ; une caserne où il a passé deux années qu'il a employées à se perfectionner en mécanique. Une caserne où il s'est présenté à un concours d'entrée aux services techniques de la CFVE (Chemin de Fer à Voie Étroite), sorte de RATP locale.

En réalité, il s'est présenté à ce concours sans beaucoup d'illusions puisqu'il y avait, à côté des exercices techniques, du calcul élémentaire et une dictée. Les opérations ne lui faisaient pas peur, mais l'orthographe... Il a décidé de ne plus y penser, jusqu'au jour des résultats.

Il a été reçu. Comme ça, du premier coup. Tout le monde ne peut pas en dire autant.

Il est resté dans cette entreprise jusqu'au jour de sa retraite. Aujourd'hui, alors que je dois libérer l'appartement de mes parents à la suite du décès de ma mère, j'ai retrouvé, glissé au fond d'un tiroir, un diplôme encadré datant de 1961. Le ministre des Travaux publics, des Transports et du Tourisme décernait à mon père *la Médaille d'honneur en argent des Chemins de fer en récompense de ses services.* Il n'en avait jamais parlé. Seul mon baccalauréat le préoccupait, à l'époque.

Cette fois, il n'a plus besoin de déchiffrer les plaques municipales. Il avance à grands pas le long de la rue Granger. L'allée des Vignes n'est plus très loin. Rita n'est plus très loin. Il a envie de la revoir. Oh, bien sûr, il en a connu des Rita, pendant ces deux ans. Mais elles étaient toutes ailleurs, pressées, comme absentes. En bas, les copains attendaient leur tour. Il n'avait rien à leur reprocher. Elles n'avaient jamais l'air exaspéré, ni rien, pendant les quelques minutes que durait l'assaut, mais il se surprenait à vouloir lui aussi que ça ne s'éternise pas. Pourquoi ? Peut-être parce que, contrairement aux Pauline, les Rita gardent les yeux ouverts, quand on les prend.

Il s'arrête au coin de l'impasse. Il refuse de croire à ce qu'il voit. Pourtant c'est bien ici. Au fond de l'impasse, il aperçoit le garage. Mais le café a disparu. À la place, il y a un hôtel de voyageurs avec un hall, un comptoir, une jeune femme en chignon qui tient un téléphone contre son oreille.

— Et Rita, alors ? dit-il stupidement.

Il court presque jusqu'au fond de l'allée. Marius lui ouvre les bras.

— Alors, ça y est, ils t'ont relâché.

— Vous avez reçu mes cartes ?

— Elles sont toutes là.

Il montre le mur, au-dessus de l'établi. Les cartes font une sorte de fresque multicolore.

— Je suis content pour ton nouveau boulot, poursuit

Marius. C'est mérité. Je t'ai vu travailler. Tu es un bon mécanicien. J'en dirais pas autant de tes successeurs.

— Et Rita ?

— Qui ?

— Et le bistrot du coin ?

— Ah, lui ? Il a dû vendre son affaire. Il louait des chambres à des putes. Ça ne gênait personne. Mais ils se sont tous mis d'accord pour lui tomber dessus : les flics et les macs. Les flics ont fermé la boîte et les macs ont placé les filles en maisons. Remarque, on ne va pas le plaindre, ce saligaud... Tu n'avais rien remarqué, toi qui habitais là-dedans ?

Une lassitude le prend aux épaules à la perspective de fournir des explications compliquées.

— Ben non.

Un bref mensonge vaut souvent mieux qu'une laborieuse vérité.

— Tu l'as échappé belle. Ils auraient pu te prendre pour un Jules, avec ta jolie petite gueule.

Il revoit Rita qui lui dit, un matin : « Tu sais, tu pourrais bien laisser tomber le garage, un de ces jours. Moi, je gagne largement assez pour nous deux. »

— Je n'ai jamais laissé tomber le garage !

— Non, bien sûr... Je plaisante.

Mais derrière l'amusement de Marius, il y a comme un doute, comme un soupçon, l'espace d'une seconde. Puis un grand sourire relève la moustache.

— Reviens me voir quand tu veux, ça me fera plaisir.

Il écarte les bras pour serrer contre lui ce jeune homme qui lui paraît soudain si dérouté.

*

Il fume une cigarette, étendu sur son nouveau lit, dans sa nouvelle chambre. Elle n'est pas tellement plus belle que la première, mais elle a une fenêtre, une vraie, à deux battants, et un coin cuisine. C'est une sorte d'appartement, si on veut.

Tout à l'heure, il avait l'intention de faire la tournée des maisons closes pour retrouver Rita. Maintenant, il ne sait plus. Ou plutôt, il sait. Il sait qu'il ne cherchera pas à la retrouver. D'ailleurs, il en a marre des maisons closes, des putains, de Rita ; il va essayer de vivre « une vie normale », la vie d'un type qui travaille à la CFVE et qui a un coin cuisine et une fenêtre à deux battants. D'un type dégagé des obligations militaires, comme on dit. Et les bordels, tout ça, ça fait partie d'une période révolue, d'une période chambre de bonne, d'une période Rita, ou d'une période Pauline, au choix. Ce qui est certain, c'est que c'est bien fini.

Je n'ai jamais entendu mon père évoquer ses deux années de caserne. Et pourtant, parmi les photos éparpillées sur la table de la cuisine que nous regardions tous trois certains soirs, il y en avait plusieurs où il figurait, dans des mises en scène ridicules, avec ses « copains de régiment », ici passant la tête dans l'ouverture d'une tente de campagne, là tendant un quart de métal vers l'objectif, invariablement accoutrés comme des poilus de la Grande Guerre, avec capote, baudrier, bandes molletières, casque rond et tout. Et toujours sur le visage le même sourire idiot bien pire que des larmes. Lorsqu'on voyait ces affligeants tableaux vivants, on comprenait bien qu'il ait préféré garder le silence sur cette époque ; on comprenait moins qu'il n'ait pas réduit en confettis ces preuves compromettantes. L'explication résidait peut-être dans le sourire attendri, maternel on aurait dit, de maman devant ces clichés. Sans doute était-ce elle la responsable. Ils montraient mon père tel qu'elle ne l'avait pas connu, dans des sortes de limbes fabuleux. Grâce à eux, elle le reconstituait un peu. Elle s'appropriait, surtout, ces inconcevables années qu'il avait passées sans elle. Parce qu'elle ne voulait pas être exclue de quoi que ce fût qui le concernait. Elle l'aimait absolument. Elle aurait voulu l'avoir mis au monde.

C'est sa faute, aussi, à Rita ! Il souhaitait lui donner des nouvelles et en recevoir. Elle a refusé. Et avec une violence dans laquelle Pauline s'était totalement dissoute, laissant toute la place à la petite putain pour qui, quand c'est non, c'est non.

— Mais pourquoi ?

— Parce que c'est des conneries, tout ça !

Il n'a pas insisté mais ça le préoccupait, quand même. Elle refusait avec une telle véhémence. Il fallait qu'elle ait une sérieuse raison. Il a réfléchi. Une idée lui est venue, mais c'était vraiment énorme. Il a quand même essayé de tirer l'affaire au clair. C'était bien ça : elle ne savait ni lire ni écrire.

Mais elle savait faire tant d'autres choses. Danser, par exemple.

— Il faut absolument que tu apprennes à danser. Attends, c'est facile, je vais te montrer.

Et elle a sauté du lit.

— Viens.

Il l'a rejointe. Elle a entouré sa taille de son bras et s'est mise à chanter en l'entraînant autour de la petite pièce.

Comme toujours, il a appris très vite. Il avait pour l'étude toutes les qualités qui m'ont tant coûté. Maintenant, il va au bal tous les dimanches, avec ses copains d'atelier. Il danse et danse et danse.

Il ne boit pas. Peut-être est-ce la sobriété qui lui donne

cette mine mélancolique. À moins que, se sentant si profondément inconsolable, il sache bien que l'ivresse ne ferait qu'approfondir son mal-être. Quoi qu'il en soit, il plaît aux femmes. Il aime leur plaire. Parfois, il en ramène une dans sa chambre. Certaines semblent pressées d'en finir et sautent dans le plaisir comme on se jette du haut d'un toit ; d'autres font mine de regretter de l'avoir suivi et lui, qui n'imagine pas que c'est un jeu, les raccompagne à la porte sans essayer de les pousser sur le lit, en s'excusant de les avoir attirées là. Elles sont déçues.

5

Il déjeune lentement à l'ombre des branches. C'est son luxe. On est dimanche et, chaque dimanche, il vient là et se fait servir un repas gastronomique. C'est un habitué, on lui retient sa petite table ronde tout contre le tronc énorme du vieux chêne. « Au Vieux Chêne », c'est le nom de l'établissement. Un restaurant ? Une auberge ? Une guinguette ? Un relais ?

Autour de lui, la pelouse est semée de tables plus grandes, rectangulaires, autour desquelles se réunissent des familles au complet. C'est un rendez-vous dominical tout plein d'éclats de rires et de cris d'enfants. Il aime bien l'idée d'être le seul célibataire, le seul à occuper une petite table ronde. Sous l'arbre vénérable, il imagine qu'il a invité tous ces gens, qu'il est le propriétaire de la grosse bâtisse blanche, là, devant la pelouse verte. Une sorte de châtelain. Avec tout ce personnel en noir et blanc. Sans doute, cachée, une armée de marmitons et de laveurs d'assiettes, de l'autre côté de la longue salle de restaurant délaissée pour cause de beau temps. Viendra-t-il encore cet hiver, le dimanche, s'enfermer dans cette enfilade de petites pièces séparées les unes des autres par des arches d'église et qu'on a réunies pour n'en faire qu'une, démesurée, il n'en sait encore rien. Il savoure le printemps, la nappe blanche, la serviette en vrai tissu, et toutes les serveuses aux joues rouges qui évitent le moindre obstacle en virtuoses, les assiettes posées sur les avant-bras en un équilibre miraculeux.

Presque toutes. Celle qui s'occupe de lui paraît moins experte. Elle est jeune. Il y a encore chez elle de l'enfance. Une fragilité de petite fille. Ou une armure, au contraire.

— Quel âge avez-vous ?

— Seize ans.

— C'est votre premier jour ici ?

— Vous trouvez que je me débrouille mal ?

Elle semble à la fois inquiète et amusée. Inquiète parce qu'elle voudrait bien faire. Amusée parce qu'elle a encore l'âge de jouer à la serveuse et pas tout à fait celui de l'être vraiment.

— Non, non, vous vous débrouillez très bien. Mais je ne vous avais encore jamais vue, c'est pour ça.

— Vous êtes un habitué, alors ?

— Un habitué du dimanche, oui.

— Et moi une serveuse du dimanche.

— Vous ne travaillez pas la semaine.

— Non, la semaine, je vais au lycée.

Elle tourne brusquement la tête vers la maison.

— Je vous raconterai tout ça plus tard, je dois y retourner.

Elle va s'en aller. Tout à coup, l'idée qu'elle puisse s'éloigner l'étouffe.

— Quand ?

— Quand quoi ?

— Vous m'avez dit que vous me raconteriez tout plus tard. Quand ?

— Plus tard.

Elle est partie. Elle court vers la maison. Il sait qu'elle est là, qu'elle sera encore là dimanche prochain, et les autres dimanches, mais il a brusquement très peur de ne plus la revoir. Il est même presque certain qu'il ne la reverra pas. Et cette pensée lui donne envie de pleurer. Il a comme une nausée, aussi. Il voudrait mourir, voilà.

Mais elle revient, toujours au pas de course.

— L'après-midi, quand tout est rangé et avant d'installer les tables pour le soir, on a un peu de liberté. J'ai prévu d'aller lire au bord de la rivière, là-bas. Venez me dire bonjour. Je vous détaillerai tout ce que vous voulez connaître de ma passionnante vie

Elle éclate de rire. Elle a des petites dents très blanches bien rangées. Et ses yeux brillent, malicieux. Ils sont...

... Il n'a pas eu le temps d'enregistrer la couleur exacte de ses yeux. Elle repart à toute vitesse. On dirait qu'elle saute à la corde. Il la regarde disparaître dans le trou noir de la double porte comme s'il se noyait. Il a des courbatures dans les jambes, dans les bras. Dans le cœur.

Jusqu'à la fin du repas, elle passe encore plusieurs fois près de lui, mais ils ne disent plus rien. Comme s'ils étaient d'accord pour tout remettre à leur rendez-vous.

C'est un rendez-vous qu'il a, là. C'est le premier rendez-vous de sa vie.

Il s'est assis dans l'herbe, au bord du ruisseau. À un mètre à peine, l'eau claire chante à tue-tête. Un peu plus loin, étendues au pied des arbres, les petites bonnes en noir et blanc dorment à poings fermés. Elles ont la bouche ouverte, elles sont livides, on pourrait les croire mortes. Et c'est un peu ça. Elles sont mortes de fatigue. Elles ont à peine eu le temps de s'allonger, et elles se sont endormies. Elles dorment chaque fois qu'elles peuvent. Certains soirs, le patron ou un client de passage les bousculent, les mettent sur le dos. Elles s'endorment pendant qu'on les baise. Elles se retrouvent enceintes sans avoir rien senti : c'est l'épuisée conception. On les chasse. Une autre jeune fille arrive pour prendre la place. Elle croit qu'une nouvelle existence s'annonce alors que c'est la fin de tout.

Et si elle allait s'endormir, là, une fois installée près de lui ? Non, ce n'est pas une bonne, c'est une lycéenne. Il est un peu inquiet. Qu'est-ce qu'on peut bien raconter à une lycéenne, le dimanche, au bord de l'eau ? Soudain, il voudrait être lycéen, lui aussi. Professeur, pourquoi pas ? Alors qu'il n'est rien. Toute sa vie, mon père aurait voulu être un autre. « On n'est rien, rien du tout, moins que rien », répétait-il. En disant « on », il pensait « je », bien sûr. C'était une commande qu'il me passait. « Sois quelque chose, essayait-il de me faire comprendre. Sois quelqu'un. » Sur ce sujet aussi, comme sur tant d'autres, je l'ai déçu, puisqu'il a eu le temps, avant de mourir, de voir ce que je suis : autre chose. Anormal, mais pas exceptionnel. Car c'est cela qu'il aurait tellement voulu : que son fils soit normal et exceptionnel. Et ce qui l'a tellement choqué c'est que moi, au lieu d'être unique, je ne sois que différent.

C'est dommage : j'ai plutôt bien réussi, exactement de cette manière peu éclatante dont il rêvait. Sans paillettes ni scintillement. Sans tambour ni trompette. Sans rien qui permît à sa modestie d'être fausse. Il avait tellement horreur du faux, papa. Du faux sous toutes ses formes.

C'est décidé, il lui parlera du livre qu'elle aura apporté pour lire, comme elle l'a dit. Enfin, il attendra qu'elle en parle, parce que lui… Ça lui accordera un délai, un sursis. Elle ne regrettera pas tout de suite d'être venue. Il la voit désappointée, boudeuse. Elle se lève et s'en va. Sans se retourner. Il l'appelle. Par son prénom. C'est quoi, son prénom ? Il ne le lui a pas demandé.

À moins que la réalité soit encore pire que ça et qu'elle ne vienne pas du tout.

C'est impossible que les choses se passent de cette façon. Comment vivre sans elle ? Est-ce que c'est de l'amour ? La foudre ? Oui, il l'aime. Mais c'est raté. Ce sera son premier chagrin d'amour.

La voilà !

Elle a les joues toutes roses, les dents toutes blanches et dans les yeux toutes sortes d'espoirs qu'il va décevoir l'un après l'autre.

Elle a les mains vides.

— Vous n'avez pas apporté votre livre ? dit-il en constatant l'absence de sa seule planche de salut.

— Non. Le livre c'est pour quand je suis seule. Aujourd'hui, mon livre, ce sera vous.

Elle s'assoit dans l'herbe, à côté de lui. Elle remonte les genoux sous son menton, les entoure de ses bras, tourne la tête vers lui pour le regarder en souriant, l'air de dire : « Je vous écoute. »

Il tombe. Comme le pied vous manque lorsqu'on s'endort. Mais, quand on s'endort et que le pied vous manque, ça vous réveille. Vous vous retrouvez couché sous les couvertures, bien au chaud, vous remuez les jambes et vous voilà reparti vers le sommeil. Là, rien de tel, il tombe et rien ne le réveille, parce qu'il ne s'endort pas. Il ne dort pas, il ne dormira plus jamais. Il lui dit comment il s'appelle, très vite, presque brutalement, comme on s'accroche à un objet flottant, pour survivre à un naufrage.

— Et vous ?

Elle lui répond avec un peu de réticence. Ma mère n'a jamais aimé son prénom. Mais elle est un peu soulagée, aussi, que le sien, à lui, ne soit pas terrible non plus. C'est leur premier point commun. Ils sont l'un et l'autre des mal-nommés.

Elle n'a pas cessé de le regarder. Elle attend toujours de lui quelque chose qu'il est incapable de donner. Il va la perdre. Perdre ce visage, ces petites dents, derrière les lèvres si rouges. Peut-être… sans doute… l'a-t-il déjà perdue. Il se penche. Elle a détourné la tête. Sa bouche se pose sur une oreille chaude, sur une mèche brune. Il se rejette en arrière. Elle le fixe à nouveau, sans colère, mais avec dans les yeux une question muette. Une de ces questions auxquelles personne ne peut répondre : qui êtes-vous vraiment ? Qui croyez-vous que je suis ? Que faisons-nous ici ? Qu'allons-nous devenir ?… Et elle a une expression grave sur le visage. Sa gaieté s'est volatilisée. Il vient de se laisser aller à l'irréparable.

C'est la fin.

Même lui dire qu'il l'aime, ça n'aurait pas de sens. Pourtant, rien d'autre n'a de sens. Il l'aime, ça, on peut dire qu'il l'aime. Mais pas seulement. C'est bien plus que de l'amour. Ou autre chose. Il voudrait l'embrasser, la déshabiller, la caresser. Mais il voudrait aussi ne pas la toucher. Car ce qu'il voudrait, en réalité, c'est qu'elle reste là, près de lui, et qu'elle sourie, comme tout à l'heure. Il voudrait qu'elle se remette à sourire. Il voudrait qu'elle soit heureuse. Il voudrait la rendre heureuse. Mais pas pour quelques secondes, quelques minutes. Pas pour quelque temps, pour toujours. Il voudrait la rendre heureuse pour toujours.

— Je…

Il a dû serrer son écharpe trop fort. Mais non, c'est l'été, il n'a pas d'écharpe. Et puis, il est à l'intérieur de sa gorge, ce chiffon qui l'étouffe.

— Je vous aime.

Et le nœud se défait. Il respire à nouveau. Seulement il ne la voit plus, ou presque. C'est cette pluie qui tombe tout à coup sans le moindre bruit. Elle n'a pas bougé, pourtant, comme si elle était assise au bord de l'eau, par une belle journée d'été. Alors il comprend que c'est de lui que sort la pluie. De ses yeux. Ce sont des larmes.

Il ne pense même pas à s'essuyer le visage. Elle ne fait pas mine de se lever, de s'en aller. Elle attend. Ils attendent. Dès que sa vue retrouve sa netteté, il s'aperçoit que son sourire est revenu, mais qu'il est un peu différent. Il n'a pas la même signification que tout à l'heure. Cela vient de ce qu'il y a de nouveau dans ses yeux. Il ne saurait pas définir ce qu'il lit dans son regard, mais il lui semble soudain que ce bonheur dont il rêvait, il va pouvoir le vivre. C'est un regard où se mêlent tous les soulagements, tous les bonheurs, tous les espoirs.

Si j'en parle, de ce regard, c'est parce que je le connais. Je l'ai vu, un jour, dans les yeux de ma mère. Je jurerais que c'est celui-là.

C'était plus de quinze ans après la mort de mon père. Elle attendait toujours son retour. Enfin, pendant les brefs moments où, après avoir poussé la porte du réel, elle retrouvait intacts son chagrin et la stupeur qu'avait causée chez elle ce décès. Le reste du temps, elle errait dans un espace abstrait dont on ne saura jamais rien puisqu'elle seule aurait pu le décrire, mais qu'elle ne l'a jamais fait.

Il y a un sujet sur lequel elle n'a jamais fléchi, c'est sa volonté de conserver son appartement. Non qu'elle éprouvât un quelconque désir d'y retourner un jour, mais elle insistait sur le fait que son mari ne saurait pas où dormir lorsqu'il reviendrait. Elle disait cela sans impatience. Et sans tristesse. « Quand il reviendra », disait-elle seulement, têtue.

Elle a vécu jusqu'à la fin de sa vie dans cet établissement de gérontologie que l'on pouvait qualifier de résidence ou de mouroir selon l'humeur du moment. Le grand parc, la vue splendide sur la baie, la salle de télévision, la terrasse ombragée, la jolie chambre bleue surplombant les arbres centenaires, tout semblait là moins pour le bien-être de ma mère puisqu'elle en était le plus souvent exclue que pour me donner bonne conscience.

J'allais lui rendre visite une fois par mois, et j'en profitais pour passer au bureau et remettre le chèque à l'administration. À moins que je ne sois allé remettre le chèque une fois par mois comme j'y étais obligé et que j'en aie profité pour lui rendre visite. (Encore que j'aurais pu payer par virement, donc c'était bien pour la voir que j'y allais.) Ces nuances ont moins d'importance qu'on ne pourrait le croire car, la plupart du temps, elle n'avait pas conscience de ma présence à ses côtés, et que, lors des rares occasions où elle m'a adressé la parole, elle ne m'a même pas reconnu. Plusieurs fois, même, elle a abordé devant moi le sujet de la mort de mon père. Elle a fait allusion à un grand malheur qui lui était arrivé, mais lequel, ça, elle n'en avait plus aucune idée.

Ce jour-là, c'était l'été. La fin de l'été. Je me souviens que les mouches volaient en tout sens, stupéfaites que leur passage sur terre ait été si bref. On sentait aussi, dans toute la nature, une sorte d'exaspération, comme si les feuilles en avaient plus qu'assez d'être vertes et que les fleurs brûlaient de furieux désirs de flétrissure. Escaladant le chemin ocre qui serpentait entre les buissons, après avoir laissé ma voiture au parking, je levai les yeux vers la maison et vis que ma mère prenait le soleil sur la terrasse. Je fus heureux d'échapper à la petite chambre bleue, à son ombre, à l'œil gris de son poste de télévision, à son lit étroit d'internat, à ce lieu où tout évoquait pour moi un étouffant établissement scolaire de préparation intensive à l'examen de la mort.

À bout de souffle, je débouchai sur la terrasse et me penchai vers ma mère pour l'embrasser. Elle me tendit la joue avec application. On sentait que ce rituel lui était étranger, mais qu'elle se pliait volontiers aux coutumes locales. N'avalait-elle pas sans hésiter les somnifères du soir et les vitamines du matin ? Elle ne montra pas davantage de désapprobation lorsque j'approchai un deuxième fauteuil pour m'asseoir près d'elle. Elle se prêta même de bonne grâce à la conversation météorologique que j'entretins du mieux que je pus. Hélas, après un moment, je fus à court de banalités et je me tus. Elle aussi. Nous regardions tous deux le sommet mouvant des arbres qui s'assombrissaient lentement dans le soir. Au bout d'un siècle ou deux, je décidai de m'en aller et me penchai à nouveau sur sa joue pour lui dire au revoir.

Elle tourna la tête vers moi au même moment et, très près l'un de l'autre, nous nous retrouvâmes à nous regarder en plein dans les yeux. C'est là que se produisit l'inattendu. Le miracle, devrais-je dire. D'abord neutre, son beau regard sembla traversé par une petite foudre. Elle battit deux ou trois fois des paupières, puis ce fut son visage tout entier qui fut soudain baigné de la tonicité, de la jeunesse et de l'insouciance de l'adolescente assise au bord de l'eau, face à ce séduisant inconnu aux yeux gris pleins de larmes. Ce séduisant inconnu qui lui avait donné tant de plaisir. Et un fils. Moi.

Elle m'avait reconnu. Elle murmura mon prénom, plusieurs fois, comme on multiplie les coups sur le burin quand on veut graver un mot dans la pierre.

— Oh, murmura-t-elle encore, ravie, en posant le bout des doigts sur mes joues pour vérifier la réalité de ma présence.

Il y avait dans cet élan d'amour quelque chose de charnel qui me mit mal à l'aise. Ce n'était pas moi qu'elle venait de reconnaître. C'était le très petit enfant que j'avais été. Le bébé. Elle aurait pu ouvrir sa robe et me donner son sein à téter.

Son soudain retour parmi nous me parut aussitôt plus pénible que son absence et je reculai instinctivement. Elle vit ce mouvement de recul, presque de répulsion et une expression boudeuse recouvrit sa joie radieuse comme un tulle sale.

Mais ça ne dura qu'une fraction de seconde. Déjà, je réintégrais le rôle que j'avais toujours joué pour elle : non pas celui de l'être aimé, mais celui de la preuve qu'un autre être avait été aimé et qu'il l'était encore : mon père. Déjà, son regard me quittait pour se porter derrière moi, tout chargé d'espoir, d'inquiétude, d'attente. Tout chargé d'amour.

C'était bien le regard de la jeune fille au bord de l'eau. Celui qu'elle avait posé sur les larmes de cet inconnu aux yeux gris. Celui qui inaugurait leur bonheur et présidait à la naissance de leur couple et à la mienne.

— Tu es venu avec papa ?

6

L'accouchement a été délicat, puis pénible, puis dramatique. Il s'annonce maintenant fatal.

— Il va falloir choisir entre la mère et l'enfant, dit soudain le docteur en relevant son visage livide dans la lumière blanche du plafonnier.

Ils sont dans la cuisine. On a transporté ma mère depuis la chambre pour l'étendre sur la table, près de la cuisinière à charbon où ronronne l'eau bouillante. Ce tableau épouvante mon père. Il y voit comme le début d'une autopsie. Il n'arrive pas à articuler un mot.

Le médecin croit qu'il hésite.

— Je comprends que ce soit un choix difficile. Mais il va falloir prendre une décision très rapidement.

La colère lui délie la langue.

— C'est un choix très facile, au contraire. Sauvez la mère, bien sûr. L'enfant, je ne le connais pas.

C'est ainsi que ma naissance a été accompagnée d'une condamnation à mort. On me répliquera que c'est le cas pour toutes les naissances. C'est vrai, mais la plupart du temps, la sentence reste implicite ou, mieux encore, son exécution est si lointaine qu'elle n'est pas à l'ordre du jour. On ne veut penser qu'à la vie.

— Je ne te connaissais pas, tu comprends, me murmurait mon père, tout près, comme pour s'excuser.

J'étais couché, le drap au menton et il s'était agenouillé près de mon lit pour me dire bonne nuit. Ou bien, il m'avait autorisé à escalader ses jambes pour aller me blottir entre ses bras. Il me caressait les cheveux.

— Tu comprends ?

On avait finalement sauvé la mère et l'enfant. C'était un exploit. D'après ma mère, Dieu était intervenu. Mon père préférait affirmer que nous avions eu un sacré coup de pot. Mais ni lui ni elle n'en revenait. Ni moi non plus, d'ailleurs. Souvent, ma mère s'asseyait sur les genoux de mon père, puis je grimpais sur cette pyramide et nous restions là, en grappe, sans bouger, sans rien dire, hagards comme des rescapés.

Les rescapés, nous leur venions en aide. Sans doute par esprit de corps. Nous répondions à tous les appels. L'énorme poste de radio crachotant qui trônait sur le buffet battait le rappel de nos générosités. Longtemps l'émoi de mes parents m'a semblé excessif. Une inondation avait fait des milliers de morts, en cédant un barrage avait rayé plusieurs villages de la carte, un tremblement de terre venait de frapper une grande ville japonaise. Bon, mais le Japon, c'était loin, nous n'habitions pas au pied d'un barrage, ni au bord de l'eau. Il n'y avait rien à craindre.

— Les survivants ont eu de la chance. Maintenant, ils comptent sur nous, disait mon père.

Je comprenais mal qu'ils doivent compter sur nous, puisqu'ils avaient eu de la chance, mais je suivais maman dans la chambre glaciale. Elle ouvrait l'armoire et en sortait des vêtements dans lesquels je n'entrais plus depuis longtemps, mais que nous avions gardés tout de même, pour le cas où un barrage viendrait à céder quelque part. De retour dans la cuisine, nous ajoutions un ou deux paquets de café, du sucre, des gâteaux secs, quelques boîtes de sardines, histoire de montrer qu'on savait aussi partager, mais sans trop se priver quand même ; puis maman confectionnait un beau paquet pendant que papa nouait les lacets de ses souliers.

Nous ressortions tous les deux en pleine nuit pour nous rendre à l'Hôtel de Ville où ronflaient déjà des camions. Nous marchions à côté d'autres pauvres, tout aussi bons que nous — j'espérais qu'ils l'étaient un peu moins — avec qui nous échangions des sourires empreints de cette sereine modestie qu'affichent les bigotes absoutes au sortir du confessionnal.

Puis, notre bonne action accomplie, nous rentrions, chevauchant un petit nuage blanc et moutonneux, comme les saints des images glissées dans mon livre de messe. Une fois couché, je luttais contre le sommeil. C'était difficile mais indispensable si je voulais que le lendemain, à l'école, la maîtresse remarque quelque chose et m'interroge sur la cause de ma fatigue. Là, c'était délicat : il ne fallait pas répondre tout de suite, bien sûr, car les bonnes actions doivent rester secrètes, mais ne pas risquer non plus qu'elle renonce à savoir.

« Holà ! » s'indignent ici les lecteurs (s'ils existent). « Ce n'est pas ce qui était convenu ! » Et ils ont raison. J'avais promis, en commençant, de m'efforcer de tout dire de mon père, et voici que c'est maintenant de moi que je parle. Et même avec un peu de complaisance, ou du moins d'indulgence, semble-t-il. Je ferais mieux de dire ce qu'il ressentait, tandis que nous nous dirigions vers l'Hôtel de Ville, notre paquet de bonté au bout du bras. Seulement voilà, je l'ignore. Il était du genre impénétrable, mon père. Énigmatique, oui, mais pas dans le sens du labyrinthe ; plutôt dans celui du Minotaure. Il était ténébreux, voilà. Sa grande main refermée sur la mienne me protégeait de tout et pourtant, j'avais peur. Toute ma vie, j'ai eu peur. Des gens et des choses. À cette époque, c'était lui qui me terrifiait, lui qui n'a jamais été effleuré par l'idée de m'administrer la moindre gifle, à moi qui pourtant avais une tête à ça.

Nous voilà réduits aux conjectures. Je levai les yeux vers lui, de temps en temps. Je le voyais de profil. De quoi avait-il l'air ? Je répondrai qu'il semblait résolu. Oui, c'est ça. Il avait choisi d'aller où il allait, et d'y aller avec moi, et il ne se posait plus de questions. Il était dans l'action. Il avait décidé une fois pour toutes que ça ne pouvait pas me faire de mal de me baigner dans ce fleuve de solidarité et il y nageait à mes côtés, dans une brasse impeccable.

Les retours m'ont toujours paru bâclés. Comme s'ils n'avaient pas le droit de participer à la fête de la bonne action, comète sans queue tout de suite éteinte. Je courais presque, pendu à sa main. Sur son visage, la détermination avait cédé la place à la hâte. C'était fini. Cette incursion du révolu en plein milieu de l'événement ne m'a pas aidé, par la suite, dans la vie sociale.

Ma mère nous attendait, debout près de la table de la cuisine. Elle y avait disposé les bols, prêts à recevoir le chocolat chaud. Nous nous installions, muets et glorieux comme des guerriers vainqueurs. Ma mère venait se poster tout près de mon père. Il glissait la main sous sa jupe jusqu'à lui faire fermer les yeux, les joues soudain écarlates. Un sentiment inexplicable de toute-puissance s'emparait de moi.

Guerrier, mon père ne l'avait jamais été. Il avait pourtant « fait » la guerre, comme on dit. Mais je ne l'ai jamais entendu jouer les anciens combattants, les vétérans, les héros. Il faut dire qu'il n'avait jamais combattu. Il n'avait connu que ce qu'on a appelé « la drôle de guerre », les patrouilles, l'attente, avant la démobilisation. Mais il était revenu, sain et sauf. Moi, je serais mort, à sa place. La drôle de guerre ne m'aurait pas fait rire, elle m'aurait fait mourir, mourir de peur.

Un jour de grand froid, son unité était tombée dans une embuscade : tous ceux qui n'avaient pas été tués avaient passé quatre ans dans un stalag. Mon père, lui, muté la veille, n'avait appris le drame qu'après la libération, alors que je parcourais joyeusement les rues pacifiées de la ville dans le ventre arrondi de ma mère. Je suis, pourrait-on dire, un enfant-miracle.

C'est l'expression que j'ai entendue, très tôt : « enfant-miracle ». Mais je crois que je l'ai mal comprise. Il m'a semblé qu'on ne parlait pas de circonstances, mais de qualités. En grandissant, le mot enfant n'avait plus aucune raison d'être : un miracle, voilà ce que j'ai longtemps cru être. On peut dire que la désillusion a été vertigineuse.

Enfin, mon père a bel et bien eu la vie sauve grâce à cette opportune mutation. « L'instrument de Dieu », comme disait ma mère qui a longtemps coassé près des bénitiers, était un officier subalterne, sans grand humour comme la plupart des officiers subalternes et sans grande prestance, ce qui est moins banal. Résumons d'un mot certes un peu réducteur mais assez juste : Lucien était un con. Je le désigne ici par son prénom car nous en étions à ce degré d'intimité. Pire, même, nous l'appelions Lulu. Et moi « oncle Lulu », ce qui attendrissait ce célibataire endurci, grand consommateur de tripes et de prostituées. J'étais un peu son enfant unique. Il me répétait que je serais son héritier. Et c'est vrai que j'ai dû payer tous les frais quand il est mort. « L'instrument de Dieu » avait besoin d'une ordonnance ou de ce qui équivalait à une ordonnance pour son grade, et il a demandé (exigé ?) qu'on lui adjoigne mon père. C'était là une marque de confiance, d'amitié, presque, à la suite d'une brillante intervention de mon géniteur sur l'automobile de Lulu, quelques années auparavant. Il se noue, autour des moteurs, d'indéfectibles connivences. Et c'est vrai que sa présence à nos côtés a toujours paru naturelle, pour ne pas dire précieuse. Nous l'avions adopté. Tout vulgaire qu'il ait pu être, et il l'était, il n'a laissé de lui que des souvenirs délicats. Et tout obsédé sexuel qu'il était également, jamais il n'a eu le moindre geste équivoque envers ma mère qui est pourtant restée très tard une jolie fille. Bref, c'était mon oncle Lulu, celui auquel je devais la vie.

7

J'ai dit que mon père n'avait jamais joué les héros. Cette retenue était due, chez lui, davantage à l'honnêteté qu'à la modestie. Sans être tout à fait lâche comme son fils, il a toujours pris soin de naviguer très au large des dangers.

Entre sa démobilisation et la fin de la guerre, plusieurs années se sont écoulées pendant lesquelles il a obstinément conservé un profil bas. Pendant lesquelles, devrait-on même préciser, il a conservé un profil obstinément bas. Et c'est vrai qu'il ne s'est jamais engagé dans quelque mouvement clandestin non pas par manque d'opportunités, mais plutôt malgré elles. Même si je ne l'ai jamais connu tranquille, on peut dire que, durant la guerre, mon père a été un « père tranquille ». Bien qu'il ne fût pas père. Pas encore.

Mais amoureux, il le restait. Il l'est toujours resté. Et aimé, oui. Dès que les brumes de l'oubli s'écartaient devant ma mère hagarde, c'était toujours lui le cavalier juché sur le dos de la mémoire qui fonçait sur elle au galop. Et on assistait alors à un étrange spectacle : un visage de vieille dame traversé dans la même seconde par un bonheur de très jeune fille et par son contraire. Immense joie de le revoir, immense détresse de se souvenir brusquement qu'il était mort depuis tant d'années.

Ils sortaient toujours ensemble. Depuis le retour miraculeux de son mari, à la suite de l'intervention de saint Lulu qui, comme je l'ai expliqué, lui avait sauvé la vie, et de l'initiative de saint Pétain qui avait mis un terme aux combats, ma mère ne quittait plus mon père, de peur de le voir disparaître une nouvelle fois. Ils parcouraient les rues en jacassant, stupéfaits d'avoir été épargnés, toujours en alerte quand même et prêts à détaler au premier incident, car on risquait toujours d'être pris en otage après un attentat. Évidemment, comme presque tout le monde, ils auraient préféré que l'occupation s'achève, mais ils n'étaient pas loin de considérer les résistants comme des terroristes. Et vers la fin, il faut bien le dire aussi, puisqu'on voudrait tout dire, lorsque la persécution des Juifs s'est intensifiée, ils ont été choqués, bien sûr, mais aussi soulagés de n'avoir pas à coudre d'étoile jaune sur leur poitrine.

Arrivés devant le Grand Hôtel, réquisitionné par les vainqueurs, ils se taisaient brusquement et baissaient le front. Ils jetaient des regards de côté vers les uniformes verts impeccables, les bottes noires rutilantes, les manteaux de fourrure des élégantes qui arboraient des coiffures compliquées guettées par la tondeuse. Ils voyaient tout cela comme un grand malheur, certes, mais comme un ordre nouveau dont ils n'imaginaient pas qu'il pût s'effondrer. Ils étaient résignés et, j'en ai un peu honte pour eux, heureux, je crois. Ils étaient heureux parce qu'ils avaient l'âge pour cela, que ces années-là ne reviendraient jamais, qu'il fallait les vivre, les vivre bien. Aussi souhaitaient-ils davantage la fin de la guerre, quelle qu'en soit l'issue, que la victoire ; même si celle-ci les remplit d'allégresse lorsqu'elle advint.

D'ailleurs, au dire de ma mère, joie et guerre étaient parfaitement compatibles. Plusieurs fois, elle a laissé échapper que jamais elle n'avait été aussi heureuse que pendant la période d'errance qui avait suivi la démobilisation. « On couchait dans le foin ! » s'écriait-elle comme pour mettre une image sur le bonheur. Je songeais brièvement au Jésus de la crèche, étendu sur sa couche de paille, et je comprenais ce qu'elle voulait dire, mais mon père fronçait déjà les sourcils : « C'était quand même une sale période », tranchait-il seulement, et nous passions à autre chose.

Du moins mes parents ne furent-ils pas pour autant des résistants de la dernière heure, et on ne les vit nulle part dans le hideux carnaval où l'on réglait les comptes. Il faut préciser qu'ils n'avaient pas de comptes à régler. Ils avaient été heureux avant le conflit, ils l'étaient restés pendant les années noires, ils l'étaient encore. Un peu plus même puisque rien ne s'opposait plus à ce qu'on continuât de parler et de rire en longeant le Grand Hôtel et que, désormais, tout devenait possible, même d'avoir un enfant.

Ils s'y consacrèrent et le succès couronna sans tarder leurs efforts. Ma mère était enceinte. Une autre vie allait commencer. Mon père évaluait tout le changement à venir. Il allait falloir envisager l'existence avec sérieux. De manière responsable. Il allait enfin pouvoir donner toute sa mesure, car dans le domaine du sérieux et des responsabilités, il ne manquait pas de compétences. Cachées jusqu'ici, bien sûr, faute d'opportunités, mais qui ne demandaient qu'à éclater au grand jour. On allait voir ce qu'on allait voir.

Un soir, il rentra du travail d'excellente humeur. La bonne nouvelle s'étalait en caractères gras dans le journal plié dans sa poche : Hitler était mort, là-bas, en Allemagne. La guerre pouvait finir. Son enfant naîtrait dans un monde pacifié. Il trouva ma mère allongée dans la chambre, muette, comme morte, le visage livide. Elle avait fait une fausse couche.

Il resta assis au bord du lit, à lui tenir la main, ne sachant comment endiguer le torrent de pessimisme qu'elle déversait et qui menaçait de l'engloutir, lui aussi. Dans sa bouche, l'accident devenait une malédiction. Jamais ils n'auraient d'enfant. Elle était incapable de donner la vie. Tout avait un prix : ils payaient aujourd'hui celui de leur bonheur. De leur bonheur révolu, parce que c'était terminé, le bonheur. Elle allait vieillir, se dessécher, stérile, à ses côtés. Et même pas à ses côtés d'ailleurs, puisqu'il allait la quitter. Pour une vraie femme. Il ne l'aimerait plus. Il ne l'aimait pas. Il ne l'avait jamais aimée. Il s'était bien amusé. Maintenant qu'il avait eu ce qu'il voulait, il…

La gifle résonna dans toute la chambre.

Une expression de stupeur passa dans ses yeux tandis qu'elle s'appliquait la main sur la joue. C'était la première fois qu'il la giflait. Et la dernière. Lui-même allait éclater en sanglots quand elle jeta ses bras autour de son cou pour pleurer, pour enfin pleurer. Elle pleura longtemps. Ils pleurèrent longtemps. La nuit était venue lorsqu'il se mit à la caresser doucement en la déshabillant. Ils ne refirent l'amour que plusieurs jours plus tard, quand ma mère eut surmonté la catastrophe. Dommage, j'aurais voulu pouvoir imaginer que c'est ce jour-là qu'ils me conçurent.

Mais bien que ce ne fût pas le cas, j'ai su très tôt que je n'ai pas été seulement un fils, pour eux. Je leur ai aussi tenu lieu de consolation. Et plus tard, lorsque j'ai tant déçu mon père, en réalité nous étions deux à lui briser le cœur.

8

À partir de ce jour-là, il aurait dû être plus facile de parler de lui, car pendant vingt et une des trente-cinq années qu'il lui restait à faire semblant de vivre — puisque la vie, la vraie, il était persuadé d'être passé à côté — j'étais là, tout près. Un témoin. Je n'ai rien à reconstituer, à supposer, à déduire. Il me suffit de raconter.

Seulement voilà, je crois bien que j'ai tout oublié. Comme s'il avait emporté avec lui les preuves de notre existence commune.

Dans la première génération d'ordinateurs domestiques, avant l'introduction de toute la batterie de sécurités qui nous colle aux doigts comme le sparadrap du Capitaine Haddock, il y avait sur le clavier une touche qui portait les mots « *clean screen* ». On y posait l'index et tout disparaissait. On pouvait avoir déjà écrit des milliers de pages, tout disparaissait. Il ne restait plus rien. J'ai peur qu'avant de partir mon père n'ait appuyé sur cette touche. Il ne voulait rien laisser derrière lui, et c'est vrai qu'il ne me reste rien, aujourd'hui, tant d'années plus tard, que le chagrin.

Mais le chagrin est pourtant encore là, lui, tout entier. Bien rond. Trempé dans les larmes. C'est raté, papa.

Quelques images demeurent, aussi. Toujours de moments où il était désemparé. Où j'aurais dû le consoler, le rassurer, l'étreindre. Moi qui ai toujours gardé tant de distance. Au point que, au cours de mes rares visites, dans les dernières années, avant la rupture définitive, nous nous contentions de nous serrer la main.

C'est justement elle, sa main qui tenait la mienne, dont j'ai le souvenir le plus précis. C'est elle qui me manque surtout. À moins que ce ne soit mon enfance que je pleure. C'est pareil, je crois, mon enfance et sa main. Disons que mon enfance avait des doigts refermés sur les miens et qu'elle me tirait en avant avec une tranquillité qui me rassurait.

Une fois par trimestre, nous avions une terrifiante visite. C'était un homme très grand, très essoufflé, très sale, qui entrait dans la cuisine-salle à manger-salle de bains-salon. Il ouvrait sa serviette de cuir et en tirait des papiers énigmatiques. Il sortait de sa poche une sorte de tube de rouge à lèvres qu'il appliquait sur les documents. Des petits tampons apparaissaient. Un par semaine. Mon père, lui, avait pris une boîte à gâteaux dans le buffet. Il en extrayait comme à regret de grands billets de banque bleus qu'il faisait crisser entre ses doigts, pour être certain qu'il n'en donnait pas deux à la fois. Ses mains tremblaient. Je revois très nettement les mains de mon père qui tremblaient pendant qu'il payait au géant malodorant le droit de rester avec sa femme et son fils dans notre taudis.

Pourtant il ne tremblait pas, les autres jours. En tout cas, pas le dimanche. Pendant la semaine, j'étais encore couché lorsqu'il partait travailler. Parfois, je l'entendais remuer de l'eau, allumer la cuisinière à charbon, tousser. Il toussait beaucoup, mon père, le matin. Comme s'il avait voulu se nettoyer, s'épousseter, avant d'allumer la première des quarante cigarettes qu'il fumait chaque jour. Mais le dimanche, j'étais là et je le regardais se raser près de la fenêtre. Il suspendait un miroir à l'espagnolette et préparait sa mousse dans le bol en métal argenté tapissé de caoutchouc rouge. Puis il se l'étalait sur les joues, très lentement, comme s'il veillait à ce qu'aucun de ses gestes ne risque de m'échapper. Il mettait le même soin à promener la lame magnifique de son rasoir sur l'affiloir de pierre grise. Puis le spectacle commençait.

C'était réglé comme une scène de film.

D'ailleurs il en existe une, dans une comédie française, qui me rappelle bien ce moment. Le héros se rase. L'opération nous est montrée sous divers angles. On ne nous épargne aucun détail... À la fin du rinçage méticuleux, je pleure... C'est un temps neutre, un repos entre deux éclats de rire, mais je pleure, à chaque diffusion. J'ai fini par acheter le DVD et comme d'autres se réunissent devant leur téléviseur pour rire aux répliques qu'ils connaissent pourtant par cœur, j'attends d'être seul pour me passer ce chef-d'œuvre et pleurer alors que la bonde du lavabo avale la mousse blanche.

Il me semble aujourd'hui que, comme un acteur de cinéma, justement, mon père cabotinait un peu, mais à l'époque tout me paraissait le fruit d'un talent très pur. Heureusement pour moi, les rasoirs électriques sont arrivés sur le marché avant que le premier duvet ne fasse son apparition au-dessus de mes lèvres, car je crois bien que jamais je n'aurais su exécuter pareil ballet. Même le rinçage était une merveille. À l'aveugle, pourtant, penché sur la cuvette de l'évier, il chassait tous les copeaux de mousse par de simples caresses. J'avais envie d'applaudir. Mais je ne bougeais pas du tout, parce qu'il y avait la suite. Avant de passer son blaireau sous le jet, il me l'appliquait sur le bout du nez. Et je jouais la stupeur alors que ce que j'éprouvais, c'était du soulagement. Depuis le début, j'avais si peur qu'il oublie mon nez que j'en avais presque toute la scène gâchée.

J'ai toujours été comme ça. En tout. Le meilleur immédiat a toujours été gâché par le pire à venir. Je n'ai jamais pu apprécier les petits plaisirs que nous procure la vie elle-même sans chercher l'ombre projetée par leur dénouement.

Nous consacrions les dimanches gris au cinéma. Nous étions mobilisés dès le matin. Là encore, mon père me tenait la main. Nous allions louer des places. Comme au théâtre. Et nous tenions à arriver dès l'ouverture de la caisse, car ce que nous voulions, c'étaient les trois fauteuils situés au centre du dernier rang. *Au centre* pour que l'image ne soit pas tordue. *Du dernier rang*, pour que, n'ayant personne derrière moi, je puisse m'asseoir sur le siège relevé et dominer ainsi la marée des têtes. Nous avons toujours réussi dans notre délicate mission. Et de cela aussi, il m'est resté quelque chose : j'aime bien être au centre, à dominer les autres. Mais dans l'ombre, j'aime bien être dans l'ombre.

Il y avait dans ce cinéma de quartier bien des avantages. D'abord, comme nous y allions le dimanche, c'est-à-dire tout le temps puisqu'il n'y avait pas de séance pendant la semaine, la vieille ouvreuse nous connaissait, nous reconnaissait. C'était le plus important, pour ma mère. La qualité du film importait moins que ce moment de complicité. Heureusement, parce que, il faut bien le dire, des films de qualité, ils n'en projetaient jamais, dans cette salle. C'est là que j'ai vu les pires navets et que s'est forgé en creux mon goût pour le beau. C'est aussi ces dimanches après-midi qui m'ont immunisé contre la bêtise. C'est encore dans cette ombre-là, sous le cône lumineux où dansaient des poussières, que j'ai compris que tout bonheur est un leurre. Là, entre mes parents, le dos bien calé contre la moquette brune qui tapissait le mur, j'assistais aux aventures navrantes des « Trois Stooges », puis ce serait un documentaire en couleurs, des publicités, peut-être un prestidigitateur sur scène qu'on regarderait dans la salle rallumée en dégustant un Esquimau. Ensuite, l'obscurité reviendrait et le grand film commencerait. C'était là. Le sommet et la dégringolade. Le plus dominical du dimanche, et pourtant le spectre du lundi, de l'école du lundi, qui se dressait déjà.

Je n'ai jamais connu le plaisir de la deuxième partie. J'ai vécu ces films comme des menaces, comme des signes annonciateurs de la catastrophe à venir. C'était stupide, bien sûr. J'aurais dû profiter du présent. Comme maman, tiens. Elle ne quittait pas l'écran des yeux. Et elle était jolie, avec cette gourmandise sur le visage. Je comprenais pourquoi papa l'aimait tant. Je tournais la tête de l'autre côté, vers lui. Il s'ennuyait, on aurait dit. Il attendait la fin. Je ne crois pas qu'il ait éprouvé l'angoisse du lundi, non, je crois plutôt qu'il ressentait très fort l'inanité de nos dimanches.

Disons que, d'une façon générale, mon père était champion du monde pour ressentir l'inanité des choses. Et ce don, il me l'a légué. Mais dans ce cas particulier, il s'ennuyait surtout parce qu'il ne « marchait » pas. Il m'a expliqué plus tard qu'il était incapable de se laisser entraîner par les films, qu'il imaginait à chaque seconde la fabrication, l'équipe technique, le réalisateur, les projecteurs, la caméra... Il n'était pas spectateur, papa, il était mécanicien. Même le dimanche.

C'est pourquoi, lorsque j'ai quitté la maison pour essayer de m'inventer une vie, il a voulu me faire un cadeau de mécanicien. Comme d'habitude, je n'ai rien compris. Je l'ai blessé.

J'habitais déjà ailleurs, mais pas très loin. Je passais chez mes parents très souvent. Parfois pour emporter quelque chose, parfois pour rien. Pour me prouver que j'avais toujours la possibilité de revenir. Que je n'avais pas réellement pris mon envol. Parce que j'avais encore pas mal d'illusions, mais je devais bien admettre que j'étais totalement incapable de voler. Ça, je ne pouvais pas l'ignorer.

Ce jour-là, pendant que le thé refroidissait dans la tasse que ma mère avait déposée devant moi avec des gestes de garçon de café, mon père m'avait fait signe pour que je le rejoigne dans le couloir. J'ai bien dit : dans le couloir ! Il y avait un couloir dans notre (leur) nouvel appartement. Et un salon, deux chambres, une salle de bains, un W-C séparé, le chauffage central, tout. Bien sûr, c'était une HLM, très éloignée du centre-ville, avec des carcasses de voitures rouillées dans le pré, en bas, et toujours des individus louches près des boîtes aux lettres, qui semblaient vous attendre pour vous tuer mais ne vous tuaient jamais. Ils ne vous voyaient même pas, on aurait dit. J'avais vécu là pendant cinq ans dans une chambre rien qu'à moi. Nous ne recevions plus de visites terrifiantes, mais je suppose que la main de mon père tremblait tous les mois, lorsqu'il remplissait le chèque pour l'Office municipal.

Quand j'arrivai dans le couloir, il avait déjà ouvert la porte du placard.

— Tiens, c'est pour toi.

Il avait la tête fléchie. Je suivis son regard. Là, à l'endroit où s'entassaient d'habitude les chaussures, luisait une caisse à outils rouge vif. Il se pencha pour la soulever. Lorsqu'elle fut entre nous, il l'ouvrit. Elle s'évasa, dévoilant trois niveaux de chaque côté, tous pleins de petits marteaux, tournevis ou autres objets énigmatiques.

— Pour moi ?

Il se passa un étrange événement : je fus pris d'un fou rire. Je réussis à le contenir à l'intérieur de moi, mais je payai cette victoire par le mutisme. Si je parlais, je riais. Peut-être aurait-il été préférable que je parle. Rien ne pouvait faire plus de mal à mon père que ce silence, j'en ai bien conscience aujourd'hui. Il y eut un moment d'immobilité pendant lequel il a dû se demander s'il devait me mettre la caisse entre les mains. Mais il y a renoncé et a reposé l'objet sur le sol, dans le placard. Il a refermé la porte et est retourné dans la cuisine, la tête basse.

Je le voyais s'éloigner, la nuque maigre, le crâne chauve, les épaules effondrées. Je n'ai pas bougé.

J'aurais dû l'appeler, le serrer dans mes bras, lui dire que j'étais heureux qu'il me fasse cadeau, pour me faciliter la vie de tous les jours, des objets qui lui avaient permis d'être lui. Mais je n'ai pas bougé, je n'ai rien dit. J'ai seulement ressenti une certaine fierté en constatant que j'avais raison de mon fou rire.

C'est aujourd'hui, tant d'années après, que je voudrais le rattraper et le prendre contre moi. Je sais bien qu'il est trop tard, mais j'y reviens sans arrêt. Comme un cul-de-jatte qui a mal aux jambes, j'ai mal à mon père.

C'est ça, au fond, notre histoire. Des gestes qui n'ont pas eu lieu. Des mots que j'ai négligé de dire. Des élans d'amour aujourd'hui périmés qui m'étouffent.

Je n'en finis pas d'établir le catalogue des occasions manquées. Comme ce jour-là, à Nice.

Car nous allions à la mer, en vacances, comme si nous avions été riches. Mais les photos qui témoignent de ces étés prouvent clairement que nous ne l'étions pas. Je les regarde, ces photos. Sur l'une d'elles, mon père est debout dans l'eau et fronce le nez dans le soleil. Il a l'air perdu et se passe les mains sur la tête. On dirait qu'il lève les bras parce qu'on le menace de l'abattre.

La plage de Nice, outre ses galets tortionnaires, a une caractéristique : à un mètre du bord, on n'a déjà plus pied ; la moindre vague vous submerge. C'est ce qui est arrivé à mon père. Mauvais nageur, il était entré dans l'eau surtout pour se rafraîchir. C'est à ce moment-là que la mer entière s'est abattue sur sa tête. Il s'est vivement remis debout, mais il était trop loin et a de nouveau disparu. Il lui a fallu longtemps pour s'extraire de ce piège. Il a fini par se retrouver debout, à bout de souffle, et il a levé les bras pour se caresser le crâne. J'avais assisté à toute la scène et j'aurais dû aller vers lui pour m'inquiéter, ou peut-être, ce qu'il aurait sans doute préféré, pour en rire avec lui. Au lieu de quoi j'ai pris la photo qui certifiait sa déconfiture et qui est encore là, devant moi, tant d'années après que lui-même s'est dissous.

J'aimerais avoir à lui reprocher des petitesses. Mais non. Mon père n'était pas du genre à se laisser surprendre. On aurait dit un de ces hommes politiques dont on ne connaît que des postures. Lui a toujours joué le rôle du père : énigmatique et terrifiant, mais magnanime. C'était sa force : quelle que soit la sévérité de sa décision, elle me paraissait juste. Je n'ai jamais contesté ses sentences, même si je les trouvais parfois dures à l'excès. Et il avait une réponse estampillée au coin du bon sens pour chaque question. Sauf cette fois, tout de même. Cette fois-là, il n'avait aucune réponse :

Nous marchions dans la ville, main dans la main, comme d'habitude. Je levais le nez et annonçais le nom des rues nouvelles avec la fierté d'un enfant qui sait lire depuis peu. Et mon père baissait la tête vers moi avec sur le visage la fierté de celui dont l'enfant sait lire depuis peu. À l'angle suivant, nous avons tourné à gauche : « rue Élisée-Reclus », ai-je articulé. C'était difficile, car d'habitude il n'y avait que le nom de famille à trouver ; pour le prénom, il suffisait de choisir dans la liste des saints avec quelques lettres. Cette fois, l'illustre personnage était muni d'un prénom inconnu, ou de pas de prénom du tout… Il aurait eu alors deux noms…

— C'est qui Élisée-Reclus ? ai-je demandé.

Mon père a contemplé la plaque et a réfléchi un moment. J'ai pensé qu'il devait s'agir de quelqu'un d'important. Il ne m'est pas du tout venu à l'esprit qu'il pouvait ne pas connaître la réponse à ma question : il connaissait toujours les réponses à mes questions. Il a respiré à fond et m'a entraîné plus loin en m'expliquant, d'un ton qui se voulait sans réplique :

— C'était une jeune fille de la Résistance. Les Allemands lui ont coupé la tête avec une hache.

Plus tard, en apprenant qui était vraiment Élisée Reclus, je me suis dit que le géographe, directeur du journal *L'Étendard révolutionnaire,* aurait aimé qu'on le prenne pour une jeune fille massacrée par les nazis. À moins que je n'aie tout simplement voulu exonérer mon père d'un manquement.

*

Brutalement, je me suis trouvé sans forces. Le médecin a diagnostiqué une mononucléose infectieuse sans gravité, mais mes parents ont pris sa compétence pour de la gentillesse et ont cru que je ne m'en remettrais pas. Et d'autant plus facilement qu'un jeune voisin était mort peu de temps auparavant, épuisé lui aussi. Le fait qu'il ait été frappé de leucémie ne faisait pour eux aucune différence.

Au prix d'un effort surhumain, j'ai soulevé les paupières : mon père était assis au bord de mon lit et me regardait dormir. Quelques siècles plus tard, j'ai réussi à accomplir le même exploit : la lumière avait changé, mais mon père était toujours là, toujours avec les yeux fixés sur mon visage, mais cette fois pleins de larmes.

*

Tout. Il avait tout prévu. Tout ce qui était possible, pour son fils, il y avait pensé. Il avait fait en sorte que ce qui n'aurait pu rester qu'un rêve devienne réalité. Comment s'étonner, dans ces conditions, qu'il ait dit « non » à tout ce que je demandais ? Il ne pouvait s'agir, dans son esprit, que de lubies fantaisistes ou dangereuses.

Bien que sans illusions sur sa réponse, je continuais à formuler mes désirs, comme on fonce dans un mur avec le projet fou de le voir s'effondrer, comme par miracle.

Lorsqu'il se produisit, le miracle, la stupéfaction ne laissa aucune place à la joie ; et l'autorisation paternelle m'embarrassa plus qu'elle ne me soulagea.

C'était à la fin d'un repas du soir. Alors que nous terminions la compote de pommes que maman nous avait servie sur nos assiettes retournées, je déclarai, sans lever les yeux :

— Tiens, ce soir, Alex fête son quinzième anniversaire, chez lui. Il y aura tout le monde. Ses copains et les copines de sa sœur. Ils vont bien s'amuser.

Pendant plusieurs secondes, on n'entendit plus que le bruit des cuillères raclant la faïence, puis je lançai :

— Il m'a invité, du reste.

Je n'escomptais aucune réaction, mais mon père me renvoya aussitôt la balle :

— Et qu'est-ce que tu lui as dit ?

Cette fois, je fis face à l'ennemi, surpris de le voir s'attarder sur ce sujet alors qu'il aurait pu y mettre un terme d'un seul mot.

— Je lui ai dit que je te demanderais, bien sûr.

Il continua à retourner le fer dans la plaie :

— Et tu me le demandes, là ?

J'ai vaguement songé que, plutôt que de jouir de son pouvoir comme j'avais cru, il cherchait peut-être à m'aider à m'affirmer en face de lui. Je décidai de jouer son jeu :

— Oui, je te le demande.

Il y eut un silence. Il contempla rêveusement son assiette retournée et les fines striures brunes qu'avait laissées la compote sur le socle.

— D'accord. Vas-y, si tu veux.

Je compris qu'il ne relèverait plus les yeux. Il fallait que je me débrouille. Il fallait surtout que je m'en aille avant qu'il ne change d'avis. Je savais pourtant que mon père ne changeait *jamais* d'avis. Ma mère souriait. Je crois bien que j'ai détalé.

Plus tard, chez Alex, alors que je faisais mes premiers pas dans l'univers infini de la déception, je m'approchai d'une fenêtre et jetai un rapide coup d'œil dans la rue, vers le sol mouillé, les lampadaires, l'immeuble ombreux où s'appuyait la nuit.

Je le remarquai presque tout de suite. Il faisait pourtant tout pour qu'on ne le voie pas. Là-bas, sous le porche, le col relevé, doué de toutes les patiences, mon père attendait. Il se tenait prêt à voler à mon secours.

Je m'interroge encore aujourd'hui pour savoir comment il a réussi à rester derrière moi lors de mon retour pour éliminer tout risque, et à être en pyjama, l'air ensommeillé, lorsque je suis arrivé à la maison.

— Tu t'es bien amusé ?

*

Il rentrait du travail comme un guerrier revient de guerre. Il refermait la porte derrière lui et s'immobilisait, avant d'ôter chaussures, manteau et chapeau, jusqu'à ce que femme et fils viennent saluer son retour. Il embrassait longuement ma mère et j'attendais mon tour en piétinant. En trépignant. Dès qu'elle s'écartait, il se penchait vers moi et je nouais enfin les bras autour de sa nuque. Tous les jours.

Tous les jours, sauf pendant le mois de décembre de cette année-là. Chaque soir, il nous prenait de vitesse. Avec, sous le bras, un mystère enveloppé dans du journal, il traversait la cuisine et disparaissait derrière la porte de la chambre. Il avait gardé ses habits du dehors et c'était bien normal, avec le froid qu'il faisait à côté. Un peu plus tard commençaient les jurons. C'était comme une musique. Une sorte de rite angoissant. Un chant protestataire nécessaire, semble-t-il, à toute réussite en matière de bricolage. Je ne puis rien dire de personnel sur ce sujet, car je n'ai jamais rien fait de mes dix doigts, mais j'ai constaté que les plus belles réalisations étaient souvent précédées par des rafales d'imprécations, y compris chez les êtres les plus délicats. Mais comment aurais-je pu deviner qu'il bricolait, mon père ? Pour moi, il s'enfermait dans la chambre pour jurer tout à son aise. Je lançais vers ma mère des regards inquiets, surpris qu'elle ne se précipite pas pour essayer de le calmer. Mais elle se contentait de continuer la préparation du dîner en soupirant et en levant les yeux au plafond.

Quand il nous rejoignait, il avait la mine calme et retournait vers la porte d'entrée pour se déshabiller. Ma mère l'y rejoignait pour l'embrasser. J'allais prendre mon tour. Tout était normal. Il y avait juste un petit décalage dans le temps. Et cette moiteur, sur sa peau, comme s'il avait couru.

À l'heure du coucher, je regardais bien partout dans la chambre pour essayer de comprendre quel horrible drame s'était perpétré là. Mais tous les meubles étaient au garde-à-vous comme d'habitude. Lorsque Noël arriva et que, au matin, je trouvai dans mes chaussures un splendide garage miniature avec monte-charge pour changer de niveau et pompes à essence devant le porche, je regrettai de ne pas être le fils du Père Noël plutôt que celui de ce type qui s'enfermait dans la chambre tous les soirs pour lancer ses horreurs. Sauf que, depuis Noël, il ne s'y enfermait plus, dans la chambre. Sa crise s'était résolue comme elle était apparue. Une sorte de grippe, sans doute. Il me regardait maintenant jouer par terre avec mon garage et mes voitures miniatures, un léger sourire aux lèvres. Il avait l'air content. Pas jaloux du tout du Père Noël. Il aurait dû, pourtant.

Mais je me disais qu'il y était pour quelque chose, dans tout ça, quand même. Sans la crèche, le Père Noël ne serait pas venu chez nous, il aurait passé son chemin. Et la crèche, c'était mon père qui l'avait mise en place, comme chaque année. Avec mon aide, bien sûr.

— Ce soir, on va faire la crèche, décrétait-il vers le milieu du mois de décembre.

— Oui !!!

J'étais déjà tout contre la porte de la chambre.

— Reviens à table. On mange d'abord, disait maman en servant la soupe.

Rabat-joie.

9

— Ce soir, on va faire la crèche.

C'est là que tout commence. C'est là que les yeux de l'enfant s'allument. Le père aime prononcer ces quelques mots. Il attend un silence pour le faire. Un temps mort. Un temps morne.

Un peu plus tard, ils pénètrent l'un derrière l'autre dans la chambre glaciale. Le petit garçon danse. Il saute d'un pied sur l'autre en battant des mains. Cette joie, ce bonheur mettent l'adulte mal à l'aise. Il se méfie des espérances. Elles sont souvent déçues. Toujours. Pour lui, ça n'a pas d'importance, il a accepté cet état de fait. Mais pour son fils ! Il voudrait tant que pour son fils la vie soit intéressante.

Il se réfugie dans les gestes. Il attire une chaise devant l'armoire à glace. Des cartons s'entassent derrière la corniche. Il les descend un à un devant la cheminée, dans l'espace libre que l'enfant s'emploie déjà à ménager et où va trôner la merveille pendant plus d'un mois. Quinze jours avant l'arrivée du Père Noël, pour le cas où le vieil homme aurait de l'avance, ce qui ne s'est encore jamais produit. Et quinze jours après son passage, pour le cas où il aurait des remords, ce qui ne s'est jamais produit non plus. Il faut dire que ce serait injuste de sa part, d'avoir des remords.

Il regarde son fils à la dérobée. C'est incompréhensible, quand on y pense, la paternité. Un enfant, c'est comme une petite sœur jumelle. Et, en même temps, c'est un inconnu complet. C'est quelqu'un d'autre. Le point commun avec la petite sœur jumelle, c'est cette ressemblance. Il le regarde encore, rêveusement et soudain il a peur. C'est parce qu'il y a un second point commun, évidemment : il peut mourir. Il va mourir... Il s'empresse de s'arracher aux images qui lui viennent à la volée. Il remonte sur la chaise. Il reprend sa navette. Là, c'est fini.

Il vide les cartons. L'enfant l'observe. Dans le plus grand, il y a la « crèche ». C'est le nom qu'on lui donne, mais ce n'en est pas une : c'est une église. Avec un portail, un clocher en pointe, des fenêtres décorées de vitraux multicolores, tout. Une église, comme les deux qui se faisaient concurrence, lorsqu'il était enfant. Lorsqu'ils étaient encore vivants, sa petite sœur et lui.

C'est en tôle peinte. Cette crèche-église, il l'a fabriquée de ses mains à ses heures perdues, à coups de jurons, comme bien des choses, ici. Sans le vouloir, il a illustré le remplacement des grottes par les cathédrales, celui de la clandestinité des catacombes par l'ostentation des palais pontificaux. Mais ce n'est pas de cela qu'il s'agit, ici. Bien sûr, ce n'est ni une église ni une crèche : c'est de l'amour.

Car il faut bien le dire — le redire ? — la grande affaire de mon père, c'était l'amour. Pour ma mère. Pour moi. Pour toutes les mères du monde. Pour tous les enfants. Avec cette mélancolie qui ne le quittait jamais, lui qui aurait dû se sentir si heureux d'avoir réussi à créer ce qui paraissait suffisant pour continuer l'aventure humaine. C'était parce que, dans son esprit, l'amour a toujours été frôlé par la mort. L'amour, c'était une petite fille en robe blanche, les mains nouées par un chapelet aux grains nacrés. Mon père était un amoureux inconsolable.

Je ne m'étonnais pas qu'il n'y ait pas de crèche dans notre crèche. Je veux dire : pas de grotte, pas d'étable ; bien qu'il y eût tous les personnages, convergeant vers la place encore vide réservée pour le petit Jésus. « Le Dieu », disait mon père, sur le ton qu'on emploie pour parler, sinon d'un ennemi, du moins de quelqu'un pour qui l'on n'éprouve que de la méfiance. De quelqu'un que l'on considère comme unique responsable de la haine qui extermine les jeunes gens, ainsi que, pire encore, de la fièvre typhoïde qui tue les petites filles, et à qui l'on voudrait bien pardonner, sans le pouvoir. C'est bien triste, mais c'est un fait : on ne peut pas.

L'emplacement du Jésus laissé vide, c'était une autre constante : nous ne sortions pas le bébé rose allongé sur sa couche de paille de sa portion de quotidien, sur le sol, là où nous déposerions nos chaussures, avant d'aller à la messe de minuit. C'était le rôle du Père Noël de mettre le Jésus entre ses parents, à minuit pile, en même temps que les cadeaux, pendant que nous reviendrions lentement de l'église du quartier. Elle ressemblait beaucoup à celle qui trônait sur la montagne de papier-rocher. Mon père nous y accompagnait et venait nous rechercher, à la fin. Il n'assistait jamais à la messe, mais repassait par la maison. Je l'avais questionné sur le Père Noël qu'il devait avoir rencontré puisqu'il se trouvait sur place. Il m'avait expliqué qu'il se gardait bien d'aller dans la chambre car, s'il voyait quelqu'un près des chaussures, le Père Noël n'entrait pas. J'imaginais papa, assis à la table de la cuisine, attendant l'heure de la fin de la messe.

Je l'avais aussi interrogé sur l'église. Pourquoi une église ? Il m'avait répondu que ce n'était pas vraiment une église, mais plutôt un peu de confort et de beauté auxquels le vrai petit Jésus n'avait pas eu droit. « Tu comprends, comme ça, chez nous, justice est faite. » Je ne voulais rien savoir de plus. Cette explication était suffisante, à l'époque. Elle l'est encore aujourd'hui et elle résume bien les aspirations de mon père : il s'efforçait de faire coïncider Dieu et l'Église. Il rêvait d'un monde où l'homme, au lieu de les dévoyer, s'emploierait à donner une réalité aux idées généreuses. Il aurait pu être communiste. Il ne l'a jamais été, mais il a trouvé le moyen d'être déçu quand même. C'est de famille, ça : nous sommes déçus. Toujours. De père en fils. Parce que nous attendons quelque chose et que ce qu'on nous sert en fin de compte, c'est beaucoup moins bien. Pour nous définir, on a le choix entre trois qualificatifs : optimistes, naïfs ou cons.

Mais ils ne se posent pas de questions, dans le froid de la chambre, ce soir-là de décembre ; ils ont vidé tous les cartons et les ont empilés contre la cheminée. Ils les recouvrent maintenant de papier brun tout éclaboussé de couleurs qui voudrait imiter les sentes pierreuses des montagnes. Sans doute est-ce pour cette raison qu'on lui a donné le nom de « papier-rocher ». Au plus haut, on dépose l'église. C'est déjà une crèche. Il ne reste plus qu'à installer les personnages, à créer l'événement. Pour ça, il faut extraire les santons qui sont tous emballés individuellement dans des pages de journaux. Ce sera long car il va falloir passer par la lecture.

C'est un rite. On ouvre chaque petit paquet et on annonce à haute voix l'identité du personnage qui apparaît : le Joseph, le dromadaire, la vieille au fagot (amovible, le fagot), un berger, le bœuf... Il y a aussi deux morceaux de miroir qui, une fois l'un contre l'autre, forment un étang que l'on peut (que l'on doit) franchir à l'aide du pont un peu trop japonais mais tant pis. Et avant de choisir une place (rarement la même d'une année sur l'autre, sauf le Jésus et ses parents, toujours exhibés au centre de la nef de l'église de fer) il y a une formalité à accomplir. Papa lisse de la main la page de journal et la tend à l'enfant. Celui-ci lit les titres à haute voix. C'est difficile : il sait surtout lire ce qui est écrit à la craie, au tableau de l'école. Mais il s'applique car papa vérifie. Comment pourrait-il deviner que l'adulte peine autant que lui à déchiffrer ces nouvelles qui n'en sont plus ?

Le père aime ce moment. Celui où il se glisse dans un emploi qui lui aurait bien plu : celui d'instituteur. Qu'importe alors s'il a encore plus de mal que l'enfant à déchiffrer les caractères d'imprimerie et s'il hoche la tête en signe de satisfaction en espérant que le petit ne va pas buter sur un mot. Ça ressemble à du bonheur, ça, de se tenir devant la crèche, aux côtés de son fils émerveillé qui sait lire presque couramment.

À la fin, on déroule la guirlande lumineuse. Comme sur un sapin. Elle clignote et semble montrer le chemin aux personnages qui escaladent la montagne, jusqu'à l'église miraculeuse. Il suffit de la brancher près du grand lit, à la place de la lampe de chevet. On appelle maman.

La porte s'ouvre. Elle apparaît à contre-jour. Elle semble très impressionnée. Elle félicite l'enfant, mais c'est le père qu'elle embrasse. Elle reste penchée, un peu tendue, pendant qu'il glisse la main sous sa jupe. Elle ferme doucement les yeux, comme dans un acquiescement. Une approbation à quoi ? À la beauté de la crèche ? À la famille ? À la main, toujours sous la jupe ?

Tous les soirs, en rentrant, mon père allait brancher la guirlande et j'étais autorisé, après m'être habillé comme pour sortir, à aller m'asseoir devant le chef-d'œuvre. Lorsque je revenais dans la cuisine, je trouvais le plus souvent mes parents en train de se faire des confidences en se parlant à l'oreille. Ma mère s'éloignait vivement de mon père, comme si elle avait un peu honte de cet instant de faiblesse.

10

Il y a eu quelques matins aussi. Des matins d'été, le dimanche. Des matins où nous nous sommes dit tant de choses sans pourtant prononcer un mot.

Avant le lever du jour, mon père venait se pencher sur moi et me secouer à l'épaule. Mais je ne dormais pas. J'attendais cet instant, les yeux grand ouverts à déchiffrer au plafond les dessins compliqués que projetaient les rideaux de la fenêtre.

Je me dressais à toute vitesse. Dans le grand lit, là-bas, les cheveux bruns de ma mère dépassaient du drap remonté. Elle n'était pas concernée par notre expédition. Pas encore.

Je m'habillais, tout content d'échapper à la toilette obligatoire du matin. Je serais également dispensé de messe dominicale. Pas d'école, pas de messe, pas de débarbouillage : trois raisons de se réjouir.

La quatrième était déjà appuyée contre la porte. Mon père avait descendu les gaules du dessus du buffet. La sienne — une merveille — et la mienne, presque aussi belle. Le panier était sur la table, sans doute garni par la dormeuse avant de se mettre au lit.

Nous sortions dans la nuit, même si un peu de clarté semblait venir du haut de la rue. De toute façon, nous lui tournions le dos, à cette clarté, nous marchions vers la campagne, vers le fleuve, vers le bonheur. Nous ne parlions pas, nous étions beaucoup trop heureux pour ça.

Sur la berge herbeuse, mon père semblait reconnaître une marque invisible et s'asseyait dans un soupir. Je m'installais près de lui en essayant de produire le même bruit. Un bruit d'homme.

Il sortait du panier le pain de trois livres et la gousse d'ail, et de sa poche son couteau pliant qu'il ouvrait. Il frottait les tranches bises avec des gestes lents. À main nue, on aurait dit. À aucun moment, je n'ai été gêné par le goût très fort que j'allais garder en bouche jusqu'au soir. Nous mastiquions, toujours en silence, le regard perdu sur l'eau grise du petit matin. Parce que le jour venait. Il était là, avec ses couleurs encore pâles. Puis mon père refermait le panier et commençait à préparer les lignes. Elles étaient splendides. Peintes en vert, avec un anneau à la plus fine extrémité pour retenir le fil. Mon père avait apporté autant de soin à la fabrication de ses lignes qu'à celle de la crèche. De là à penser qu'il avait fait preuve du même zèle dans tout ce qu'il avait entrepris… Moi, par exemple… J'étais bien. Encore aujourd'hui, lorsque je pense à l'insouciance, ce sont ces matins-là qui me reviennent en mémoire.

Au cours des quelques heures que nous passions là, je n'avais plus qu'à me mettre au service de mon poignet. C'était lui qui lançait la ligne au loin ; lui qui ressentait la petite secousse synonyme de victoire ; lui qui relevait la tige verte pour faire apparaître le frétillement d'argent, là-bas, et le petit sourire sur les lèvres de papa. Et son regard de fierté. Un regard de réussite au bac. Un regard de grand-père tout neuf à celui qui lui aurait donné un petit-enfant. Un regard qui disait « merci » à tout. À la vie. À l'eau de la rivière. À l'été. À Dieu, qui devait bien exister, tout de même, pour que de tels moments soient possibles… Un regard que je n'ai pourtant pas su lire, alors.

— Bon !

Ce mot, le premier de la journée, peut-être le seul, signifiait que nous avions rempli notre contrat, et que nous pouvions rentrer. La pêche était finie. Mais pas le plaisir. Je me levais bien vite et allais m'enfoncer sous les arbres à la recherche de brindilles sèches. À mon retour, il avait prélevé le tiers de nos prises. Je disposais mes brindilles en tas et il allumait un feu de scout où nous jetions les poissons vidés d'un simple mouvement de pouce. Il ressortait le pain de trois livres du panier et un morceau de beurre tout attendri par le temps. Il ouvrait son couteau, coupait de larges tartines, les beurrait, y disposait notre pêche noircie et m'en tendait une. J'y mordais à pleines dents. Et lui me regardait à nouveau. Comme il me regardait, là, assis tout près de moi sur l'herbe, ces dimanches matin d'été ! J'en ai conscience aujourd'hui. Aujourd'hui où c'est moi qui ai l'âge de regarder un fils (un petit-fils ?) que je n'ai pas, que je n'ai pas eu, que je n'aurai jamais.

Un peu plus tard, nous reviendrions à la maison, maman accommoderait notre butin avec tout son savoir-faire. Ce serait bien meilleur. Et bien moins bon.

Ces heures au bord du fleuve, en compagnie de mon père, elles n'ont pas d'équivalent dans toute ma vie. Comme je voudrais les revivre, les rattraper, les compléter !

Des beaux moments, j'en ai eu, comme tout le monde. Plus que tout le monde ? Peut-être. J'ai vu mon nom sur les listes d'admis à des examens difficiles. On m'a dit qu'on m'aimait et j'y ai cru, parfois. Mais ces matins d'eau grise, d'herbe humide, de pain frotté à l'ail, de feu de bois, de bambou peint en vert, de scintillement au bout de la ligne, d'enfance, de vie éternelle, ce sont eux qui remontent en moi, maintenant qu'il est bien tard.

11

Je ne l'ai pas vue venir. Ça non. Je n'ai pas supposé qu'elle pouvait le prendre dans cet endroit où tout est prévu pour qu'on survive. À l'hôpital, je veux dire. Je ne l'ai pas vue venir à l'hôpital, sa mort.

Au contraire, j'ai cru qu'il était sauvé puisque respirateur et sondes diverses se bousculaient pour tout faire à sa place. Quand je suis entré dans la pièce au lit étroit, je me souviens avoir pensé qu'il l'avait échappé belle.

Je me souviens m'être approché de lui, m'être penché sur son visage rose, avoir effleuré son front de mes lèvres avec la curiosité désinvolte et un peu jalouse qu'éveillent toujours les miraculés chez les gens qui sont restés dans l'univers où, lorsque tout va bien, on se contente de signaler qu'il n'y a « rien de neuf ». Avec le sentiment, aussi, d'avoir été trompé ? Sans doute. N'avais-je pas traversé la moitié de la France pour me rendre à son chevet ? N'avais-je pas imaginé le pire avant de franchir ce seuil ? Mais c'était le pire ! Comment ai-je pu ne pas le reconnaître, moi qui, dit-on, suis expert dans ce domaine ?

Pourtant, au cours des dernières années, cette impression ne m'avait pas lâché. C'était une sorte de certitude, de révélation : mon père était mourant. Mort ? Elle restait un instant tapie au fond de moi et, soudain, elle bondissait et essayait de m'étouffer. Ce n'était plus une simple supposition, c'était une réalité. Elle m'empoignait n'importe où : au cinéma, dans le métro, devant mes étudiants entassés dans l'amphi et tout pétris de respect pour cet homme encore jeune dont les hésitations semblaient indiquer un quelconque scrupule à paraître trop abstrait, mais qui n'était, au fond, que désemparé… Je me précipitais dans la première cabine téléphonique — il n'était pas encore question de portables qu'on se colle à la tempe, et encore moins de ces oreillettes invisibles qui vous font passer pour un fou lorsque vous éclatez soudain de rire en pleine rue, le regard vide et les mains dans les poches — et composais le numéro, le souffle court. C'était le plus souvent lui qui répondait.

— Ça va ? lui lançais-je, presque scandalisé qu'il m'ait ainsi inquiété pour rien.

— Mais oui. Qu'est-ce que tu as ? On n'est pas dimanche. Je te passe ta mère.

Il me fallait alors nager à contre-courant pendant plusieurs minutes. Parler de surprise, de lubie. Surtout pas de nécessité, car je n'avais rien à leur dire. Vraiment rien. Comme d'habitude.

Et je n'ai rien dit, non plus, ce jour-là, lorsque ma mère, entre deux sanglots, m'a appelé de l'hôpital.

— Il est en soins intensifs… Il vaudrait mieux que tu viennes.

J'ai raccroché. « C'est fini », ai-je pensé alors. Et à l'arrière de la voiture qui m'emmenait à l'aéroport. Et dans l'avion : « C'est fini. » Et encore en payant le taxi qui s'était arrêté au milieu de la sinistre cour du vieil hôpital. Et puis, au bout des couloirs, des volées de marches, des pistes de couleur, une fois la porte vitrée ouverte, le soulagement à la vue du gisant.

J'ai été soulagé, oui. L'imbécile !

Cette vieille femme au regard fou qui s'est redressée lentement et s'est détournée comme à regret du lit pour me souhaiter la bienvenue au royaume des adieux, c'était ma mère. Elle s'est appuyée contre moi sans rien dire. Qu'elle fût calcinée de la sorte, qu'elle n'eût plus une seule larme à verser, qu'elle ne pût que poser sur moi un regard d'enfant perdu, voilà qui aurait dû m'alerter... Mais non ! La poitrine de mon père s'élevait et s'abaissait paisiblement. Au même rythme que le soufflet en accordéon à droite de son lit. Je n'ai vu que sa poitrine.

*

Il pourrait ouvrir les yeux, mais il préfère garder les paupières closes. Il ne veut pas rééditer l'expérience de l'autre jour. De ce matin ? De tout à l'heure ? Il ne sait plus s'il est ici depuis des jours entiers ou seulement depuis quelques minutes. Tout cela semble à la fois interminable et instantané. Ça n'empêche qu'il s'applique à garder les yeux fermés.

Elle lui parlait, là, tout près de l'oreille. C'était l'autre jour, ou ce matin, ou tout à l'heure. Elle l'encourageait, on aurait dit. À se rétablir. À guérir ! Mais il n'était pas malade. Jamais il ne s'était senti aussi bien. Même respirer ne lui demandait pas le moindre effort, comme si quelqu'un (quelque chose ?) l'assistait. Il n'y avait que la lumière pour le blesser. À plat sur le lit, sans oreiller, il se trouvait juste au-dessous d'un hublot donnant sur le ciel. Bien sûr, c'était distrayant : il voyait passer des nuages. Mais comme il n'y avait pas de store, ni même un simple voile, il ne faisait pas le poids, face au jour. Bref, elle lui parlait, tout près, et il avait préféré reconstruire mentalement un décor autour d'elle. Tout naturellement, il s'était transporté au bord de l'eau, en bas du pré, non loin du vieux chêne, juste avant leur premier baiser. Ou juste après ? Non, pendant, pendant leur premier baiser ! Il avait voulu la regarder. Rejeter la tête en arrière et contempler ce beau visage coloré et ces yeux où dansaient des étoiles. Alors, forcément, il avait soulevé les paupières.

Là, tout près de lui, penché vers lui, il y avait une vieille femme qui lui rappelait vaguement la jeune fille du bord de l'eau. Sa mère ? Sa grand-mère ? La réalité revenait sur lui à la vitesse d'un cheval au galop.

Heureusement, elle fut bousculée par un bolide qui le percuta d'abord : la certitude de sa mort imminente.

Il se sentit en même temps soulagé d'en rester là et triste de ne pouvoir emmener avec lui cette pauvre vieille bien incapable de mettre toute seule un pied devant l'autre. C'est alors qu'il avait pris sa décision : ne plus ouvrir les yeux lorsqu'il y avait quelqu'un près de son lit et se réserver pour le spectacle du ciel, là-haut, au-delà du hublot. Le ciel, lui au moins, n'était pas victime des années qui s'empilent.

Mais elle parle encore, la fausse jeune fille. Qu'est-ce qu'elle dit ? Que leur fils va venir. Leur fils ? Ils ont un fils ? Déjà ?

Mais oui ! Il est adulte, même. En âge d'avoir des enfants. C'est un professeur. Un professeur d'université. Un professeur pour professeurs, presque. Son fils ! C'est son fils à lui qui est devenu ça ! Il a même écrit des livres savants. Son fils.

Qu'importe le reste. Qu'importe si ça doit s'arrêter là. S'il n'y aura pas de dynastie, comme il l'avait rêvé. Son fils a réussi. Il a brûlé les étapes. Il est à la fois l'amorce et l'apogée de cette lignée qui ne sera pas. Il convient de tirer un trait sur les regrets. Et sur les dégoûts.

Il est fier. Depuis longtemps. Est-ce qu'il le lui a dit, au moins ? Non, il ne le lui a pas dit. D'ailleurs il ne lui a jamais rien dit. Ils ne se sont jamais rien dit. Et maintenant il est trop tard, avec cette canule enfoncée dans la gorge et qui l'empêche d'articuler le moindre mot. Et avec la mort si proche. Car elle est proche, la mort. Elle est déjà là, pour ainsi dire.

Il doit être entré. La densité de la pièce s'est modifiée, comme chaque fois qu'on ouvre la porte. Et puis, il y a eu ce mouvement brusque, sur le côté, et ce soupir. La vieille jeune fille s'est levée, est allée se jeter dans les bras de leur fils. Il voudrait bien le voir. Découvrir les changements physiques. Les rides, bien sûr. La calvitie naissante ? Mais l'envie de garder les paupières baissées est la plus forte.

Elle a rejoint le visiteur. Elle lui murmure à l'oreille. Pour lui dire quoi ? Que c'est la fin ?

— Je serai dans le couloir.

C'est elle qui a parlé. Elle a donc décidé de les laisser seuls. Pourquoi ?

On s'est avancé, à droite du lit. Le gisant sent cette présence, comme une ombre. Brusquement, à toute vitesse, comme on feuillette un livre, lui reviennent tous ces moments où ils ont marché côte à côte, la main dans la main. Comme elle était petite, alors, sa main d'enfant. Et comme il se sentait utile, comme il se sentait papa.

Il aimerait qu'ils partagent ce survol de leurs souvenirs. Il voudrait aussi confirmer ce qui allait de soi, à l'époque, parce qu'il ne pouvait pas en être autrement : qu'il l'aimait. Il voudrait bien le lui dire. Il veut le lui dire. Il faut qu'il le lui dise.

Mais comment ? La canule enfoncée dans sa gorge rend impossible toute parole. Il y a bien ce carnet et ce crayon, là-bas, au bout de son bras, qu'il a déjà utilisés, notamment pour exiger qu'on arrête de harceler ce pauvre docteur qui fait ce qu'il peut, même si ce qu'il peut, ça ressemble beaucoup à rien ; mais ce qu'il voudrait dire à son fils, il ne saurait pas l'écrire. Personne ne saurait. C'est plus fort que les mots. En tout cas plus fort que ses mots à lui. Non, c'est plus fort que les mots de n'importe qui. C'est de l'amour pur. Il se souvient de sa jeunesse. De ce moment, au bord de l'eau, où les mots d'amour pour la jeune fille se sont brusquement changés en larmes. Comme ce jour-là, aujourd'hui c'est pleurer qu'il faudrait.

Il pleure.

Mais ne va-t-il pas avoir l'air de pleurer sur lui-même ? Il est indispensable de donner à ses larmes la signification exacte qu'elles ont. Il faut les commenter, ces larmes, les expliquer. Avant qu'il reparte, et avant que la mort n'en profite pour approcher, et s'étendre sur lui comme une savante pute.

Allons, il est nécessaire de se résoudre à agir alors même qu'on n'aspire plus qu'à gésir.

Il lève la main et il a l'impression que c'est son corps entier qui se soulève. Il referme les doigts sur un poignet velu auquel il s'efforce d'accorder des fragilités enfantines.

*

J'ai aspiré tout l'air qu'acceptaient mes poumons et j'ai poussé la porte.

Mon père était étendu paisiblement sur le dos et ma mère était penchée sur lui, comme sur un enfant grippé. Tout allait bien. Je m'étais inquiété pour rien. Je m'étais déplacé pour rien. J'ai oscillé une seconde entre soulagement et impatience. Mais ma mère était déjà tout près. J'ai embrassé sa joue. Elle m'a soufflé : « Il n'y a plus aucun espoir. » J'allais m'indigner, mais elle avait déjà atteint la porte.

— Je serai dans le couloir.

Et elle a disparu sans bruit. J'étais fait comme un rat. Condamné à agir, à avoir des idées, à prendre des initiatives. Je me suis approché du lit à pas feutrés. Comme un chasseur se place contre le vent pour ne pas éveiller la méfiance du fauve. Mon père avait les yeux clos, mais j'ai tout de suite compris qu'il m'avait « vu », ou plutôt qu'il m'avait « senti », justement.

D'abord, il ne s'est rien passé. Rien. J'aurais dû dire quelque chose. Mais quoi ? Je me posais maintenant les questions qui auraient dû me venir à l'esprit avant d'entreprendre ce voyage. Et, en premier lieu, cette visite était-elle opportune, souhaitée ? Par ma mère, sans doute, oui. Mais par lui ? Nous ne devions jamais nous revoir, lui et moi. C'est ce qu'il avait exigé lors de cette entrevue furtive, alors que ma mère s'activait dans sa cuisine.

— On en parlait, avec ta mère. On aimerait bien profiter d'un bébé avant de tourner complètement gâteux.

C'était arrivé. Le moment tant redouté était arrivé. Il allait falloir se montrer courageux, pour une fois. Ce qui m'a aidé, je crois, c'est qu'il était en service commandé, qu'il ne faisait qu'exécuter une mission voulue par ma mère. Et donc, ce ne fut pas directement à lui que je présentai mes objections, mon objection. Ce ne fut pas à lui directement que j'assénai ce coup de massue.

Il me regarda longuement. Et je vis dans ses yeux la stupéfaction se laisser petit à petit contaminer par le dégoût.

— Mais, alors, tu es... ?

— Oui, papa, je suis...

— Ne m'appelle pas papa... Et depuis quand ?

— Depuis toujours.

— N'en parle pas à ta mère. Jamais. C'est promis ?

J'ai tenu cette promesse. Pendant dix-sept ans, j'ai joué pour la veuve le rôle de l'homme à femmes solitaire et ombrageux, moi qui vis sereinement en couple depuis si longtemps.

Il a baissé la tête. La sentence est sortie de la peau nue de son crâne.

— Tu restes mon fils et j'ai besoin d'avoir régulièrement de tes nouvelles. Ta mère s'étonnerait, en plus, si tu arrêtais de faire signe. Mais je ne veux plus te voir. Je ne peux pas. Tu comprends ?

C'était juste une façon de parler et je ne comprenais pas, bien sûr.

— Je comprends.

Je me suis levé et j'ai été bredouiller un prétexte invraisemblable dans la cuisine. Je suis parti presque au pas de course. Je n'ai pas revu mon père. Jusqu'à cette dernière visite qui était aussi une désobéissance. Je téléphonais le dimanche pour donner de mes nouvelles et livrer des explications compliquées selon lesquelles, cette semaine encore, je ne viendrais pas les embrasser. J'aurais aimé que cette jonglerie durât des décennies, je n'aurai eu à m'y vautrer que pendant quelques mois à peine.

Je l'ai embrassé sur le front. Brièvement. Il était chaud. Fiévreux, aurait-on dit. Mais c'était impossible. Toutes ces machines devaient remplir leur rôle et le maintenir à 37°, très exactement. Je l'ai regardé comme jamais. J'avais toujours détourné très vite les yeux, comme transpercé par son regard gris.

Il avait les paupières baissées. Volontairement ? Après tout, je lui imposais ma présence. Je profitais de son incapacité à me jeter dehors pour le mettre devant le fait accompli. Et je venais de lui déposer sur le front un baiser qui, peut-être, le révulsait.

Je détaillai son visage. Comme pour le lui décrire, plus tard, lorsqu'il m'autoriserait à revenir, lorsqu'il accepterait de me revoir. Car ce bannissement ne pouvait être définitif, j'en étais sûr.

En attendant, je volais des images de lui. Et je tirais un vague plaisir de cette mauvaise action. Pour la première fois de ma vie, j'avais en sa présence tout le pouvoir. Il restait à déterminer dans quelle mesure il était vraiment là. Je le regardai, encore et encore.

« Il n'y a plus aucun espoir... », m'avait murmuré ma mère à l'oreille avant de sortir. Le bruyant respirateur apportait pourtant la preuve qu'il était hors de danger et la régularité parfaite des lignes vertes qui s'inscrivaient continûment sur l'écran, à gauche, confirmait encore cette évidence. L'infirmière qui l'avait rasé s'était contentée de peu, et si d'aventure il demandait un miroir, le petit calepin et le crayon rempliraient leur office. Il était décoiffé, aussi. Ébouriffé, même. Et je ne l'avais jamais vu ainsi. Ses cheveux gris semblaient cassants, cassés, comme faux, comme si la vie les avait désertés pour se concentrer sur le reste. Sur le corps. Sur ce visage aux yeux obstinément clos. Sur cette peau des joues, du nez, qui maintenant frémissait.

Car elle frémissait, la peau du visage de mon père. Il frémissait, le visage de mon père. Et pas seulement son visage : c'était une vague de fond. Comme un accès de fièvre. J'allais m'inquiéter lorsque je compris qu'il pleurait.

Je le compris avant de voir les larmes s'échapper vers ses tempes. Je la connaissais bien, l'émotion de mon père. Parfois, les dimanches d'été, lors de nos interminables promenades en campagne, nous nous asseyions sur le talus pour reprendre souffle. Mon père levait alors la tête vers ma mère, encore debout et adossée au soleil. Il la regardait et, presque aussitôt, son nez s'agitait. Il baissait prestement les yeux sans prononcer un mot. C'est peut-être pourquoi, dans mon esprit, l'amour a toujours été associé aux larmes. Comme l'opéra. Dès que notre vieux poste de TSF nous faisait la grâce d'un peu de lyrisme, le même phénomène se produisait, ce qui tendrait à prouver, s'il en était besoin, que l'opéra n'est rien d'autre que la traduction en notes de l'amour humain. Et du silence.

Il pleurait. Mon père. Là, étendu sur son lit étroit, relié par tant de tuyaux à de bruyantes machines, mal rasé, décoiffé, flanqué d'un fils qu'il avait répudié, mon père pleurait.

Il fallait que je réagisse. Que je dise quelque chose. Mais quoi ? Je me sentais arrêté à une intersection de routes inconnues. Fallait-il aller tout droit et traverser le carrefour ? Prendre à gauche ? À droite ?

Je me serais bien laissé moi aussi gagner par les larmes. C'était une solution, un confort. Ainsi, nous aurions pleuré tous les deux. Dans les bras l'un de l'autre, presque. Comme des enfants. Nous aurions été deux enfants. J'aurais été un enfant.

Mais c'était déjà trop tard. Il ne pleurait plus. Il avait terrassé son émotion. À force de volonté, sans doute. De cette volonté dont il n'avait jamais manqué et qui m'avait toujours fait tant défaut, en toutes circonstances.

Il bougeait. Sa main bougeait.

Je crus d'abord qu'il allait écrire. Mais ses doigts lâchèrent le petit crayon qui resta sagement le long du carnet, sur le drap jaune. Son bras se replia et vint heurter le mien. Je voulus reculer, pour ne pas le gêner dans son mouvement. Mais sa main pivota et ses doigts se refermèrent sur mon poignet et y restèrent.

Jamais brûlure n'aura semblé si voluptueuse. C'était une étreinte de péplum, de trapézistes. C'était une étreinte admirée par l'enfant juché sur son siège relevé, au dernier rang du cinéma. C'était une étreinte du dimanche. Du bonheur.

J'ai baissé les yeux vers ce visage fermé qui, maintenant, s'ouvrait. Mon père, peut-être au prix d'un effort immense, relevait les paupières. Il arrima son regard au mien.

Ce regard. Cette étreinte. Ce moment. Cette question, cette angoisse. « Dis, sais-tu que je t'aime ? Que je n'ai jamais cessé de t'aimer ? » Tout est là, encore aujourd'hui, face aux images souriantes du jeune homme que je n'ai jamais connu. J'espère qu'au cours de ces quelques secondes qui irriguent toute ma vie, depuis tant d'années, il aura eu le temps d'enregistrer ma réponse muette : « Oui, oui, je le sais. Et moi aussi, je t'aime. »

J'avais soudain tant de choses à lui dire. J'allais parler, mais il a lâché mon poignet et sa main est retombée sur le drap, près du crayon, comme une feuille morte. Il a refermé les yeux, aussi. Je crois bien qu'il souriait.

12

— Merci, messieurs. Et bon courage !

J'ai refermé doucement la porte et je suis retourné m'asseoir par terre, sur le plancher verni, à côté du petit coffre ouvert et des photographies éparpillées. Des photographies sur lesquelles mon père souriait, comme s'il ne devait jamais vieillir, jamais mourir.

J'ai songé à ma mère. Un peu coupable tout de même de ne pas éprouver de tristesse. Pourtant, c'était à la suite de son décès à elle que je me retrouvais ici. Que j'avais passé des heures nocturnes à emplir des sacs-poubelle de papiers périmés et de vieilles lettres. Que j'avais téléphoné à Emmaüs pour qu'ils viennent chercher les meubles et les objets susceptibles d'être revendus. Que j'avais attendu leurs déménageurs au milieu de ce désordre que mes parents n'auraient même pas supposé possible.

— Vous pouvez prendre ce que vous voulez, sauf le petit coffre en marqueterie, là.

Ils ont tout emporté. Tant mieux. J'ai ressenti quelque chose qui n'était pas très loin de la fierté à la pensée qu'il n'y avait peut-être rien à jeter, ici. Que ma mère, au fond de son chagrin, n'avait conservé que du transmissible, sinon du beau.

Dix-sept ans. Son chagrin avait duré dix-sept ans. Jusqu'à la délivrance, après une si longue agonie. Comme si la vie s'accrochait à elle telle une mousse, pour qu'elle pleure encore chaque fois que s'entrouvrait devant elle la fenêtre souvent close de la mémoire. Dès que j'ai compris qu'elle ne reviendrait pas, que seul son corps voulait encore nous prouver sa robustesse, j'ai voulu qu'on en finisse.

« Vous êtes bien pressé », m'a rétorqué froidement le professeur de médecine ; et je l'ai longuement regardé, j'ai appris son visage par cœur, en prenant la décision irrévocable de le haïr jusqu'à mon dernier soupir. Ça ne va pas être facile puisque je suis, à ce qu'on dit, titulaire de la médaille d'or du pardon. Mais, cette fois, pour tenir, j'ai juré. Sur la tête de ma mère, justement.

Je suis donc retourné m'asseoir devant le petit coffre ouvert. C'était le seul objet d'art de la maison. Mon oncle ébéniste l'avait fabriqué pour son frère. C'était l'oncle hilare sans doigts que j'aimais bien embrasser, dans sa cuisine sombre, sur le chemin de l'atelier jonché de copeaux, lorsque nous remontions au village, l'été. Il était hilare parce qu'il était ivre. Et il n'avait plus de doigts parce qu'il l'avait été au mauvais moment, penché sur la scie circulaire. Je ne l'ai jamais connu sobre et je le soupçonne de ne l'avoir jamais été durablement. Au réveil, il devait s'empresser de vider une première bouteille, pour ne plus avoir à supporter l'horreur d'être en vie.

Le dernier été, il n'était plus là. L'ombre à laquelle il s'appuyait d'habitude l'avait dévoré. On l'entendait hurler de douleur, à l'étage. Son foie granuleux avait exigé qu'il rembourse chaque seconde passée sur terre. Au tarif du plaisir.

Il faut partir. Aller rendre les clés à l'Office. Et ce sera fini. Fini pour toujours.

Cet appartement où j'ai passé cinq années de mon adolescence, où mes parents ont vécu ensemble plus de vingt ans, où ma mère a guetté le retour de mon père pendant dix-sept années de larmes, que des paumés viennent de débarrasser avec l'énergie que donnent souvent la reconversion, la sortie du tunnel, le bonheur possible. Savent-ils que c'est souvent juste une pause, un ballon d'oxygène et qu'il va leur falloir replonger, qu'un nouveau tunnel les attend, que le bien-être est farouche, qu'il ne se laisse pas enlacer par le premier venu ?

Déjà, ce n'est plus la maison de quelqu'un. J'ai dévissé la plaque de cuivre, à gauche de la porte, au-dessus de la sonnette. Elle est dans ma poche. Je vais la poser sur le marbre de la cheminée de mon bureau, parmi mes trophées, mes récompenses, toutes ces conneries qu'on vous décerne faute de vous aimer, et que je devrais jeter en ricanant, mais que je conserve, que je contemple, que j'époussette avec tant de complaisance, le samedi. Comme si je n'allais pas bientôt mourir, moi aussi, et comme si tous ces colifichets n'allaient pas se retrouver sur un étal du marché aux puces, preuves kitsch de la vanité de toute chose.

Je regarde autour de moi. Les meubles ont laissé des marques sur la tapisserie. Des empreintes. Comme s'ils s'étaient volatilisés sous l'effet d'un mystérieux rayonnement cosmique, ou d'une bombe atomique bien réelle. Il va falloir tout effacer. Repartir de zéro. C'est ce que vont penser les prochains occupants. Ils arracheront les papiers, changeront les couleurs. Ce sera chez eux. Ils disposeront leurs meubles. Dans la chambre, là-bas, ils éteindront la lumière. Ou pas. Et des soupirs s'élèveront, rebondiront sur les murs, empliront tout l'espace : la vie. Leur vie.

En attendant, il ne reste plus que des morts. Papa qui n'en finit pas de mourir. Maman qui commence à peine. Il faut que je m'en aille. Que j'emporte avec moi ces cadavres. Même si je sais que si je passe la porte avec eux, ils ne voudront plus me lâcher.

Je replace les photographies dans le joli coffre de bois au chiffre de mon père. Je rabats le couvercle ouvragé sur le désespoir de ma mère. Je conserve au poignet cette sensation de chaleur, de brûlure, là où il m'a dit tant de choses, du fond de son silence. Je me mets debout. Au milieu de la pièce vidée, je m'immobilise un instant, pétrifié par une sensation étrange. Comme une honte de m'en tirer à si peu de frais.

Et c'est vrai que je vais claquer la porte derrière moi et que ce sera résolu. Résolu à jamais. Et il n'y aura rien. Rien du tout. Même pas une dalle de pierre où aller poser des bouquets. Il y a dix-sept ans, mon père a donné son corps à la science. Et, après avoir constaté que, dans ces conditions, tout deuil était impossible, ma mère a malgré tout suivi son exemple. Pour le rejoindre ? Sans doute. Insensible au quotidien qui se dressait parfois devant elle, elle aura voulu se précipiter dans le même brasier.

Et j'aimerais tant que ma raison à moi s'envole aussi, mais j'ai si froid. Rien ne m'échappe. Je comprends tout. Je suis condamné à tout regarder, comme si on m'avait arraché les paupières.

J'ai vu, plusieurs fois, dans des films, les fantassins anglais avancer au-devant de l'ennemi au son des tambours et des cornemuses. C'est une marche têtue. Inconsciente. Le premier rang est fauché presque aussitôt. Le deuxième devient le premier sans même avoir marqué le pas, puis c'est le tour du troisième… Nos parents nous protègent de la mitraille. Me voilà désormais à découvert.

Je m'engage dans le couloir, le coffre sous le bras. Je vais ouvrir la porte palière. Mais j'ai retiré vivement la main, comme si la poignée était incandescente. Je bats en retraite. Je me retrouve dans la pièce principale, près du téléphone relié à rien. Je repose la boîte de bois sur le plancher, je m'assois à l'endroit où je suis resté si longtemps à essayer de me souvenir. Je croise les jambes. Sans doute ai-je l'air d'un vieux sage. D'un scribe. Je m'efforce à l'immobilité des statues. Je pourrais ne plus bouger pendant des heures, pendant des siècles. Mais une parfaite immobilité est impossible : je hoquette. Je pleure. Je gémis. Des larmes grasses s'accrochent à ma barbe du soir.

Ce n'est pas du chagrin, non. C'est de la solitude. On n'en finit pas d'être un petit garçon. J'ai l'impression que c'est aujourd'hui que mon père vient de lâcher ma main. Tant que ma mère était là, elle était la gardienne de notre malheur. Désormais, me voilà seul et c'est bien trop tôt. J'ai l'impression que ces larmes sont les dernières qui sortiront de moi. Que les autres, toutes les autres, resteront enkystées, à me causer d'insupportables douleurs.

J'essaie de faire remonter des images joyeuses de mon père. Mais toutes celles qui parviennent à la surface de ma mémoire éclatent comme des bulles sur l'eau noire de mon désarroi. Rien ne demeure. Rien d'autre que ce gisant, dans la chambre aux machines, dont la main, soudain, s'élève. Et je pleure. Sans fin.

Et lorsque je parle du gisant qui cherche à me toucher, à m'étreindre du bout des doigts, je mens, bien sûr. Ce n'est pas ce moment-là qui s'impose à moi. C'est un autre, quelques jours plus tard, dans un autre lieu, lors d'un autre voyage. Le dernier. « C'est fini. Viens », a seulement dit maman avant de raccrocher.

— Vous désirez le voir ? a demandé l'éminent professeur.

Il était installé, tout tweed, derrière son bureau tout acajou. Il avait abandonné blouse, masque et calot. C'était donc vrai qu'il n'y avait plus rien à faire.

— C'est possible ?

Je me souvenais que mon père avait « fait don de son corps à la science », ce qui signifiait élégamment que des apprentis chirurgiens allaient faire maladroitement leurs gammes sur lui. Je ne discutais pas le fait qu'il soit mort et je ne crois pas à la vie éternelle, ça non. Pourtant j'ai pensé, à cet instant, qu'il risquait de souffrir et surtout d'avoir honte, de se retrouver ainsi, nu et ouvert, sous le regard d'inconnus et, qui sait, de jeunes filles. Il a toujours été pudique, mon père. Moi aussi.

— C'est possible, il n'est pas encore parti. Mais, je dois vous prévenir qu'il n'est pas présenté.

— Ça n'a pas d'importance.

Ça en avait, de l'importance. Dieu, que ça en avait ! Cette vision me poursuit, encore aujourd'hui, après toutes ces années, après toutes ces épreuves. Malgré la disparition postérieure de tant d'amis, et maintenant celle de ma mère. Et avant la mienne que j'appelle de mes vœux et qui me terrifie. Il m'arrive, alors que je marche tranquillement sur le trottoir d'une ville, au milieu des vivants, d'y être à nouveau confronté par la pensée, avec une netteté troublante, et je me mets à courir, à fuir, en criant peut-être. Je m'arrête un peu plus loin, à bout de souffle. Je n'ai pas crié. Les passants se seraient arrêtés, retournés. Les gens ont toujours loué mon sang-froid alors que je hurlais d'effroi en silence.

Au bout du couloir, il y avait une porte pleine, comme celle d'un placard. Et c'était bien d'un placard qu'il s'agissait. Enfin, d'un débarras. Contre le mur, toute une collection de cannes anglaises montait la garde derrière deux brancards vides. Sur un troisième, mon père. Mon père ? Son corps. J'ai compris ce que signifiait l'expression « pas présenté ». Les employés des pompes funèbres sont les complices de Dieu, ils savent « présenter » l'imprésentable. Je n'avais vu jusque-là que des morts coquets, presque coquins, avec sur les lèvres un vague sourire énigmatique, comme pour dire : « Moi, je sais ce que c'est que la vie éternelle, là là lère ! » Ici, rien de tel. On lui avait arraché la canule du respirateur et on ne lui avait même pas refermé la bouche. Elle était ouverte, sa bouche, légèrement tordue, comme dans un cri muet, un de ceux que je pousse lorsque je détale, dans les rues, en repensant à lui. Ils ne lui avaient même pas fermé les yeux : la paupière gauche était restée relevée, comme pour laisser croire qu'il faisait semblant d'être mort. Qu'il nous jouait un bon tour, lui qui était si peu doué pour ce genre d'exercice.

J'ai regardé sa main, celle qui m'avait saisi. Elle était serrée en poing. Avait-il cherché à me prendre à nouveau le poignet et était-il mort déçu en constatant que ses doigts n'étreignaient que du vide ? J'ai tourné les talons. J'ai couru. J'ai couru longtemps.

Je cours encore.

Parfois, je cours.

Souvent.

13

On a vite fait de survoler une vie.

Celle-ci s'est arrêtée un jour d'été. Dans la fausse asepsie d'un hôpital tout blanc, elle s'est arrêtée.

À moins qu'en réalité elle n'ait pris fin bien avant, alors qu'il était encore un enfant stupéfait, assis, tête baissée, auprès d'une petite communiante endormie pour toujours, image vaguement souriante, comme soulagée de n'avoir pas à devenir adulte.

Quoi qu'il en soit, le petit homme qui arpentait les rues s'en est allé servir de cahier de brouillon à de futurs chirurgiens. Quand il a été lacéré de partout, incisé de partout, vidé, « inutilisable », on a jeté dans le feu ses jambes, ses bras, son crâne ouvert, son cerveau découpé en lamelles, sa cage thoracique cisaillée, de nombreux autres mystérieux morceaux, encore, et il est monté au ciel en volutes grises, plus sûrement qu'un Jésus.

C'est là que commence le chagrin. Lorsqu'il est parti en fumée, il n'a plus été nulle part. Autant dire qu'il était partout. Pendant dix-sept ans, ma mère a attendu son retour de promenade. Comme une folle ? demandera-t-on. Oui, comme une folle. Elle était folle, d'ailleurs, ma mère. Elle était folle de lui.

Je voudrais que mon récit fût une ballade. Non pour jouer sur les mots car il ne s'est jamais baladé, au cours de ses périples, il n'a jamais flâné ; il remontait une piste mystérieuse qui le conduisait à son point de départ ; il s'imposait ce devoir par tous les temps et quel que soit son degré de fatigue, comme d'autres vont à la première messe du matin. Non, je voudrais que ce qui précède fût une ballade car nous en serions maintenant à l'envoi : Prince…, écrirais-je pour m'adresser à lui. Et ce mot est si juste. Il lui va si bien.

Prince… J'aurais voulu tout décrire de toi. J'aurais voulu faire des jaloux. J'aurais voulu que tout le monde sache la chance que j'ai eue… Je viens de lire un roman historique qui se passe à l'époque de Louis XIV ; le héros est enfermé à la Bastille où il partage une cellule avec un jeune voleur ; la conversation s'engage et ils se confient l'un à l'autre ; ils se réconfortent comme ils peuvent ; un matin, on vient chercher le jeune homme pour le conduire à l'échafaud ; arrivé à la porte, il se retourne vers son compagnon de misère et lui lance : « Monsieur, j'aurais aimé que vous fussiez mon père. » J'ai pensé à toi. Il n'y a jamais eu personne d'autre que toi, il n'y a personne et il n'y aura personne à qui je puisse dire une chose pareille.

Prince… Tu peux fouler sereinement les nuages. Tu vois, toute cette histoire s'est déroulée au siècle dernier et je parle encore de toi. C'est plutôt bien, pour quelqu'un qui craignait tant de déranger les autres.

Alors, tu peux cesser de trotter, maintenant. Tu peux te coucher. Tu peux dormir. Je te réveillerai en arrivant. C'est pour bientôt, maintenant. Moins de trente ans, dans le meilleur des cas. Moins de temps qu'il ne t'en a fallu, après ta naissance, pour rencontrer maman. Pour commencer notre histoire.

Là où tu es, il n'y a jamais d'aube, nous le savons bien, toi et moi.

Mais qu'importe, je l'exprime quand même, ce dernier souhait :

« Bonne nuit, doux papa. »

Achevé d'imprimer
sur Roto-Page
par l'Imprimerie Floch
à Mayenne, le 14 septembre 2006.
Dépôt légal : septembre 2006.
1er dépôt légal : juin 2006.
Numéro d'imprimeur : 66538.

ISBN 2-7152-2636-5 / Imprimé en France.

147777